Hon älskade

Helena Henschen

HON ÄLSKADE

Brombergs

Första upplagan, andra tryckningen

Omslagsbilden föreställer Signe Thiel, sexton år gammal
Omslagslayout Helena Henschen

Sättning: Ljungbergs sätteri, Köping
Tryck Scandbook, Falun, 2008
ISBN 978-91-7337-035-6

www.brombergs.se

NÄR SIGNE DOG fick jag några av hennes efterlämnade föremål. Hon var min farmor och hade själv bestämt att just jag skulle ha dem, men eftersom jag inte förstod vad hon givit mig kastade jag bara en förströdd och ointresserad blick på sakerna och slängde ner dem i en kartong som jag sedan ställde på en hylla högst upp i garderoben. När jag många år senare av en tillfällighet hittar den träffas jag i hjärtat av påfågelsfjädern, hennes stora hårkam av sköldpadd och en liten flaska med en knappt förnimbar doft av ambra. Det lilla gipshuvudet av Eros finns där också, androgynen med smärta i blicken, outsäglig smärta. Det är som om Signe viskar till mig: Här är jag.

Hon älskade. Signe ville ha det inristat på sin gravsten. Dagen efter hennes död öppnade barnen testamentet. Allt fanns där, önskemål beträffande begravning och gravsten samt vem som skulle ärva vad ur hennes kvarlåtenskap. I sex år hade hon arbetat med testamentet och eftersträvat rättvisa, men i ett följebrev säger hon sig vara inte helt nöjd med fördelningen. *Ta det med gott humör,* skriver hon till sina barn. *Den som kan svälja små förtretligheter belönas vanligen med en större vinst.*

Testamentet bestod av sex listor med föremål, en lista för varje barn. Där var barndomshemmets alla små och stora saker förtecknade, kompottskedarna i nysilver, soffor och skåp, äkta och oäkta mattor och längst ner hennes smycken: broschen med en opal kallad Gråsocks öga efter katten, pärlhalsbandet och smaragdringen, guldklockan som tillhört Oskar, medaljen *Illis quorum meruere labores* som hon fick på Fredrika Bremerförbundets årsmöte 1949. Och så vidare. Barnen läste sina listor noggrant och jämförde med varandra. Det uppstod förtretligheter. Smaragdringen motsvarade inte Gråsocks öga, den stora mahognychiffonjén inte den lilla hallbyrån och silkesmattan som deras mamma köpt av den turkiske ministern var något helt annat än den slitna kelimmattan i hallen.

Och så var det gravstenen. Hon hade bett sin näst äldste son att låta tillverka den, en enkel men stilfull sten. Han hade visat henne ritningen strax innan hon dog nästan blind efter de sista årens åldersdiabetes. Sonen hade pekat och förklarat. En pentagon skulle det bli, en låg femhörning. Under Signes namn med födelse- och dödsdatum skulle *Hon älskade* ristas in. Gravstenens sidor var avsedda för barnen. Själv sa han sig vilja bli strödd i havet.

Just detta sista glömde han bort när han visade ritningen för syskonen. Han bredde ut den fuktfärska ammoniakdoftande arkitektkopian på salsbordet. Stenen hade fem sidor. De var sex barn. *Hon älskade* stod det på ovansidan. Ingen av dem sa något. Inte då.

Arbetet med arvegodset tog tid och det kunde hända att en hel lördag togs i anspråk för några soppskålar. Varje gåva oavsett storlek och marknadsvärde, visade sig innehålla något mer än ett dött ting, och ju fler saker som fördelades, desto tydligare blev det. Vacker, ful eller bara likgiltig – det mamman tyckte om föremålet, tyckte hon nog också om barnet. Kanske väcktes misstankarna av det faktum att det inte längre gick att fråga henne. Varför fick just jag den där vasen som mamma aldrig gillade? I testamentets följebrev understryker hon att barnen tillåts byta med varandra, men bara om båda var överens. Det inträffade aldrig. Vem vill byta en älskad vas mot en oälskad? I stället blev det bråk. Inte handgemäng men snudd på. Gammal kränkthet och gammal avund rördes upp till ytan. Att ta det med gott humör som deras mamma förespråkat, var uteslutet.

I mitten av oktober återstod bara själva gravstenen. När ritningen breddes ut på salsbordet för andra gången hade ammoniakdoften dunstat bort och ersatts av unken osämja. Syskonen tog ett snabbt och enhälligt beslut för att få det hela överstökat. *Hon älskade* skulle inte ristas in.

I en blommig dalakista som stod intill Signes röda länstol ligger alla hennes papper i en väldig röra. Det är brev, dagböcker och kalendrar, det är utkast till dikter och berättelser tillsammans med födelsebevis från mosaiska församlingen, betyg, skilsmässohandlingar, bouppteckningar, testamenten – en väldig mängd osorterade papper. Varje skrivet ord är kulturhistoria, kunde hon säga och sedan öppna locket till dalakistan och kasta ner dagens post tillsammans med sådant som hon råkade ha i fickan: inköpslistan från speceriaffären eller några hastigt nedskrivna ord på en papperslapp. Då skräp, nu intressanta historiska dokument av ett slag som sällan sparas, och det visste hon.

I den lilla kistan ligger dokumentationen av ett liv och en tid som inte längre finns. Ömsom söndrigt och välbevarat, ofullständigt och delvis förstört – så som minnet av en lång levnad måste se ut.

SIGNE THIEL, FÖDD 1885. Sex barn, två äktenskap, två skilsmässor samt därefter ett livsvarigt kärleksförhållande med en gift man. Hon skriver ned sina tankar om kärleken i en särskild bok. Den upptar många sidor under ungdomstiden för att sedan glesna och återkomma som drömmar och kärlekskval och, när hon blir gammal, bilda ett slags kärlekens bokslut.

Oskar Vogt, hjärnforskare. På 1920-talet Berlins mest efterfrågade hypnotisör. En liten, liksom knuten man med flammande ögon och nervösa händer. Det är så han beskrivs, mannen som kan hålla ett andlöst auditorium fånget i timmar. Född 1870. Gift med Cécile, två barn.

Oskar och hans hustru är kolleger, båda forskare men i övrigt varandras motsatser. Hon är lång och smal med lugna forskande ögon, han expansiv och utåtriktad. Den ena är beroende av den andra, och de arbetar tätt sammanflätade. De båda döttrarna går av och an på gården med varsin bok i händerna, välskräddade, alltid med Ballyskor, djupt försjunkna i Gorkij och Dostojevskij.

Signe bor i Stockholm med Berlin som kulturell huvudstad. Hon reser ofta dit, vid arton som Ellen Keys hjälpreda på föredragsturné för boken *Barnets århundrade*, vid nitton på bröllopsresa med sina elva dockor i bagaget, då Lenin söker upp henne och ber om hjälp med ett hemligt uppdrag (en småsak bara). Håret, det mörka svallande håret, så långt att hon kan sitta på det, är hennes stolthet och dagliga bekymmer. På pensionatet på Friedrichstrasse finns det ingen som kan kamma och nåla upp det och vid tjugo klipper hon av det. Därefter rör hon sig fritt bland Berlins intellektuella, revolutionärer, författare, vetenskapsmän och konstnärer.

Naturligtvis känner Oskar och Signe varandra långt innan de möts som två älskande.

Farmor Signe är en vänlig och lite frånvarande kvinna som barnen blir tillsagda att inte störa. Hon har blårandig bomullsrock och håret uppsatt i en svart knut och ibland öppnar hon dörren från sitt rum och förmanar oss: Käxa inte barn! Ingen annan än Signe använder det underliga ordet käxa.

Från Oskar har jag två minnen. Hans nattskjorta, som jag lånar när jag sover över hos farmor, en skjorta i stadigt bomullstyg med hans monogram under knappslån broderat i rött. Det andra minnet är hans laboratorieglas med nyfångade humlor. Han ställer det ifrån sig på matbordet som är dukat för lunch. Humlorna ligger på en bomullstuss indränkt med cyankalium. De dör långsamt, krullar ihop sig och lägger sig på rygg. Gonggongen kallar till lunch. Dörren står öppen mot den vildvuxna ängen. Oskar brer en skiva hårt bröd på baksidan. Glaset med humlor står bredvid hans dricksglas. Han lägger upp kokt gädda på tallriken och häller smält smör ovanpå. Flugor surrar mot fönstren. Han tar aldrig fel glas.

Signes kärlek till Oskar varar livet ut. Från det att *Undret* inträffar, det vill säga förälskelsens första himlastormande natt, bor Signe hos Oskar och Cécile i längre eller kortare perioder varje år, krigsåren undantagna. Efter Oskars död sjunker Signe ihop. Hon överlever honom men tynar bort, märkt av sjukdom.

Cécile skickar Oskars säng i fanerad valnöt, ända från Neustadt i Tyskland till Stockholm. Signe blir tvungen att betala den dyra frakten och leja stadsbud för att få hem kollit från Centralens godsutlämning och sedan finns det ingenstans att ställa sängen. Hennes barn baxar in den på vindskontoret där den får stå, en hemlighet gömd för världen. Kanske har de missat det som deras mamma sätter så högt, att äkta kärlek är fri oavsett äktenskap, eller också är de av annan uppfattning. De påstod utan att skämmas att Signes och Oskars kärlek var kysk, trots att till och med jag redan som nioåring kunde räkna ut att så inte var fallet.

Uppväxt

DET REGNAR, DET regnar och vinden virvlar i trädens kronor och regnet löser upp bläcket på mitt papper och pennan faller ur handen medan jag springer, och när jag till sist får fatt i en flik av din klänning sliter du dig loss och flyter bort i floder av bläck. Jag fryser. Mina tankar kallnar. Du är död nu, Signe, sedan många år är du död och borde få multna i glömska. Men jag får fatt i pennan igen och känner att min hand darrar när du sakta börjar vakna och med möda öppnar dina ögonlock. Du ser på mig med suddig blick och jag hör en viskning: Jaså, är det dags?

Jag placerar mitt eget väsen i din kropp och låter det förenas med ditt. Känslan vrider sig i våndor när ditt liv strömmar genom mina nerver och kärl. Vi blir en och samma men förblir också två; ett tvillingpar som ömsom sammansmälter och ömsom stöter bort varandra, en ny gestalt som inte är jag och inte du. Jag smyger i och intill dig, följer och förföljer, är din skugga och replik. Jag kallar dig Signe och när du inte svarar, ger jag svaren själv.

*

STOCKHOLM DEN 8 januari 1885. En vinternatt när kvicksilverpelaren dallrar mot botten på termometern. En svår natt med födslosmärtor är att vänta, en kall natt med fullmåne, kanske norrsken. Barnmorskan anländer på eftermiddagen med hyrkusk till Östermalmsgatan där Ernest Thiel med familj bor. Kusken har blivit tillsagd att skynda på och piskar hästen, kör på smala gator med höga snövallar och rykande hästspillning, svänger in på gården men stannar i inkörsporten och hjälper barnmorskan ned på den höga trappstenen innan han vänder ekipaget. Hon är inte vilken jordemor som helst, inte en av församlingens, utan privatpraktiserande med uniform och brosch, en barnmorska för stans välsituerade. En livréklädd betjänt står beredd att bära in den stora tunga barnmorskeväskan och en jungfru tar emot kappa och hatt och anvisar barnmorskan ett gästrum där rykande hett vatten redan står upphällt i kannor intill tvättfatet.

– Fruns värkar kommer tätt nu, bara en halvtimme emellan, viskar jungfrun oroligt och skjuter igen dörren.

Men barnmorskan sätter sig lugnad på en stol. Det lär bli en lång natt, suckar hon. En sömnlös natt igen. Hon kväver en gäspning med handen och snör av sig kängorna och lägger ullsockorna prydligt ovanpå, väl medveten om att det ställs högre krav på henne än på andra vad gäller ordning och hygien. Enligt reglementet får hon inte lämna rummet så länge förlossningen pågår. Hon sköljer ansiktet i kallt vatten som friskar upp en smula, börjar en omsorgsfull såptvagning av händer och underarmar och klär om i nymanglat vitt innan hon går in i sängkammaren i ett moln av karbolsyrelukt.

De är bekanta, barnmorskan och Anna som ska föda. Hon har hjälpt både Anna och hennes syskon till världen och stämningen mellan dem är familjär. De småpratar med varandra när inte värkarna tar överhand. Barnet kommer på dagen nio månader efter bröllopsnatten, anförtror sig Anna, men hade hon vetat hur barn blir till hade hon aldrig gift sig. Hela bröllopsnatten hade hon skrikit och gråtit och värjt sig. Fast nu har hon ju vant sig ... hon överrumplas av en värk kraftigare än den förra. Att det skulle vara så här att föda var heller ingenting hon visste. Barnmorskans händer löper vant över Annas mage, trycker lite och känner försiktigt. Fingrarna är mina ögon, förklarar hon när Anna frågar. Frun har ett stort barn som ligger i rätt födsloläge. Hon tar fram en trälur och lyssnar. Och barnets kön, kan man höra skillnad på pojk- och flickfoster? Barnmorskan svarar inte men ler ett hemligt leende, lyssnar en gång till och ställer ifrån sig luren. Frun får tids nog veta.

Timmar förflyter och värkarna kommer tätare liksom den blivande faderns otåliga besök i sängkammaren. En knackning och han stiger in utan att vänta, presenterar sig snabbt som Ernest Thiel, bankdirektör, och slår en lov kring rummet. Har gossen inte kommit än, hur länge ska det dröja, vilka åtgärder kan vidtas för att skynda på? Och barnmorskan svarar. Tålamod, direktörn, tålamod.

Han återgår till karljohanssoffan i salongen, häller upp ett glas portvin men låter glaset stå orört och försjunker i stället i ett nytt drag med schackbrädet framför sig. Plötsligt lystrar han. Ett främmande ljud tränger igenom dubbeldörrarna. Ett spätt skrik som ökar i styrka hörs inifrån sängkammaren. Han krafsar ner det senaste schackdraget på en papperslapp och stoppar den i kavajfickan.

Ett sprattlande flickebarn med tovig hårtofs häver upp sitt första skrik. Som en riktig liten trollunge ser hon ut, född i dygnets vargtimme. Barnmorskan tvättar och klär barnet och drar ett djupt andetag innan hon öppnar till salongen och överräcker den nyfödda till pappan. Han viker försiktigt undan spets och krås från det lilla ansiktet, låter hennes små fingrar gripa runt sitt pekfinger och betraktar barnets grumliga mörka ögon. Barnmorskan står kvar i dörren, beredd med det oundvikliga svaret på hans outtalade fråga: Det blev en flicka. Som så många gånger tidigare stålsätter hon sig inför hans reaktion – hon har mött fäder som inte kunnat hantera sin missräkning utan återbördat barnet och sedan vänt sig om och gått. Den här pappan håller dottern tätt intill sitt bröst. Han blundar. Kysser flickan försiktigt på pannan. Han skulle aldrig visa sin besvikelse, aldrig nedlåta sig till något sådant. Det är klart att han ville ha en son, alla stora män vill ha kronprinsar. Ernest Thiel är storbankir och tidvis rikast i landet.

Vid gudstjänsten den första sabbaten efter barnets födelse tillkännages hennes namn i synagogan. Signe heter hon. Född i Stockholms mosaiska församling.

När våren kommer och snön smälter undan, gungar Signe i en hög svart barnvagn genom Humlegårdens alléer. Barnsköterskan fäller ner suffletten och Signe skrattar åt ekorrar och kråkor som leker i trädkronorna. Nerbäddad i vagnen ser hon lindarnas bladknyten vecklas ut och bilda ett kvittrande, ljusgrönt lövtak, genomsiktligt och på en gång tätt, hela tiden föränderligt. Hon har haft turen att födas med guldsked i munnen, men att det kvittrande lövtaket ska vissna och blåsa bort en dag, kan hon förstås inte föreställa sig.

Familjen växer och flyttar till en större våning lite närmare Humlegården. Signes dagar följer samma rytm, Kindergarten på förmiddagarna, lek i parken på eftermiddagarna och varje tisdag besök av pianoläraren. När det närmar sig middagstid kläs hon om i rent förkläde och får håret flätat med nya rosetter. Skulle pappa stiga in i hennes rum för ett kort besök, sträcker hon fram sin tvättade lilla hand och niger. God dag snälla pappa. Han kallar henne för Sinkan och hon klänger på en flickrumsmöbel som han låtit tillverka efter gammal förlaga. Själv lägger han sig raklång på den mjuka mattan med händerna under huvudet. De har en stund tillsammans bara Signe och pappa, vilket är en sällsynt händelse som just därför fastnar i hennes minne.

– Gammelfarbror Wilhelm kan allting men duger till ingenting, berättar pappa medan Signe sätter sig tillrätta, slätar till klänningsfållen och lutar sig mot barnkammarsoffans stoppade armstöd.

– Han pratar en nästan obegriplig rotvälska, en blandning av svenska, tyska, franska och flamländska eftersom han kommer från Belgien, fortsätter pappa. Han har femtio sångfåglar i en bur och kan baka, snickra, tapetsera, sy och laga mat. På sabbaten ska vi hälsa på honom, säger pappa och kastar en blick på sitt fickur i västfickan.

– Sångfåglarna också.

– Ja, allihop, ler han och klappar Signe på kinden.

Bland alla dokument som Signe sparat hittar jag några inspelade ljudband på stora rullar. Med Signes röst i örat växer hennes gestalt fram allt tydligare ju längre jag lyssnar. Jag ser en ung Signe, en halvvuxen flicka som kryper upp med penna och ritblock i handen i fönstersmygen hemma på Villagatan 1. Hon låter blicken glida längs Karlavägen som är en av stans nyanlagda esplanader och tecknar vad hon ser.

Den vita gården högt uppe på berget västerut är Eriksberg, och nedanför ligger mamsell Anderssons röda stuga, hon som var spåkärring på Gustav III:s tid. Där slutar Karlavägen tvärt mot ett rött plank. På andra sidan berget ligger ett sågverk som hörs över hela trakten och Signe minns hur underligt tyst det blev när arbetet lades ner under storstrejken 1909. Sågverket tystnade, man hörde röster och steg men ingenting annat. Bakom planket låg Träsket, ett farligt och förbjudet område för flickor men en genväg för Signes bröder när de sprang till realläroverket på andra sidan.

I Signes barndomsstad ligger Humlegården i mitten med släktingar som bor i husen runtomkring; farföräldrarna på Engelbrektsgatan, på nedre botten med planterad gård och paviljong där farfar brukar sitta varma sommardagar, och morföräldrarna på andra sidan parken med långbord för barn och barnbarn på söndagsmiddagarna. Från de fönster som vetter mot Stureplan syns skymten av ett zigenarläger med ambulerande cirkus. Alldeles nedanför fönstret står en hjälphäst tjudrad, det är hästspårvagnarnas tid och draghjälp behövs upp mot villastan där Signe bor.

Pappa är kung i Signes liv. Vackrare än de flesta, en välskräddad herre med fransk elegans. 1897 kommer dråpslaget. Signes bild av pappa krossas.

Hon är tolv när han reser sig från middagsbordet. Den tunga kristallkronans prismor klirrar av förfäran när han vänder sig bort från mamma och de två döttrarna och de två sönerna och barnet i mammas mage. På andra sidan bordet sitter en ung kvinna anställd för att hjälpa mamma under hennes femte graviditet. Nu ställer hon sig upp, tittar på pappa och mister för ett ögonblick balansen och stöter till bordet innan hon störtar ut från matsalen. Soppan i terrinen skvimpar över. Ett glas välter när pappa kastar ifrån sig servetten. Sedan snabba steg över parketten och en duns när ytterdörren slår igen. Pappa och den unga kvinnan försvinner för att senare samma år gifta sig.

Ernest Thiel, en gång påtänkt som riksbankschef eller finansminister, har gått ut genom dörren för att aldrig återkomma. Skandalen blir måttlös och fördömandet utan misskund. Hans kolleger, släkt och forna vänner vänder honom ryggen.

Men Signe då? Pappas flicka är övergiven liksom hennes mamma, hennes syskon och den lilla ofödda. Signe söker inte upp honom, för hennes hjärta finns hos mamma som oförskyllt har utsatts för en sådan skymf. Signe plågas av motstridiga känslor, både sorg och saknad, längtan och förakt och hennes vrede är svår att bära. Hon stänger in sig i sitt rum, drar för gardinerna och lägger sig på sängen när hon kommer hem från skolan. Men ingen tycks märka att hon är hemma, ingen knackar på hennes dörr eller ropar att eftermiddagsteet eller middagen står på bordet. Signe är helt enkelt bortglömd och hon gömmer sig under täcket som för att utplåna sig själv. Det händer att hon vaknar mitt i natten med kläderna fortfarande på.

Visst går hon till skolan varje dag – hon lyder och gör som hon blir tillsagd – men hon skuttar inte längre längs Humlegårdens grusgångar, munhuggs inte med gubbarna på bänken som hon brukar, hoppar inte längre rep med sina klasskamrater på rasterna. Hon sätter sig numera långt bak i skolsalen, där hon nästan inte syns från katedern, och om lärarinnan trots det ställer en fråga svarar hon kortfattat men inte mer, räcker aldrig självmant upp handen, låtsas ibland skriva men lämnar arket tomt. Hon kallas in till överläraren. Signe är ohyfsad och nonchalant, får hon veta. Hon borde skämmas och be om ursäkt. Men hon tittar bara på läraren, viskar ett förlåt, niger och lämnar skolexpeditionen.

När man inte förmår trösta varandra i familjen, blir det tiden som lugnar sinnena. Så småningom återgår livet till vardagen.

Januarimörkret viker undan för friska vinterdagar och en söndag i mitten av februari är himlen plötsligt bländande. Solen står högt, snön ligger vit och hela Stockholm tycks ha vaknat. Signes småsyskon åker kälke i full fart nerför Floras kulle, och Signe själv beger sig för första gången till Nybrovikens plogade isbana tillsammans med en klasskamrat. De sätter på sig skridskorna och åker i par med korsade armar i långa skär till musik från en liten paviljong som är uppställd ute på isen. Solen blänker på isar och i skidspår, det är rimfrost i mustascher, rosiga kinder och varm choklad.

När Signe sent omsider kommer hem tar hon fram sin dagbok som länge legat oöppnad i skrivbordslådan. Hon vill hålla kvar dagen så länge som möjligt, vill skriva ned alla upplevelser som fyller henne. Hon ser gator och hustak inbäddade i ett skymningsblått täcke med trädens rimfrostkronor gnistrande i kvällssolen. En sådan härlig avslutning på en rolig dag. Hon står länge kvar och tittar, nästan andäktigt. Sedan tar hon ett litet skutt och några danssteg och känner hur kroppen vaknar till liv igen. Gatubelysningen är ännu inte tänd och när mörkret faller tycker hon sig höra skridskomusiken nerifrån Nybroviken. Hon visslar på en melodi som fastnat i huvudet och prövar några skridskoskär i strumplästen på parketten, gnider sig på svanskotan som ömmar efter en vurpa på isen, men fortsätter att dansa allt vildare och vissla allt högre för varje piruett.

Plötsligt hejdar hon sig och sjunker ner på sängen. Mammas förtvivlade ansikte glider fram ur rummets skuggor och Signe uppbådar all kraft för att skjuta undan henne. Hon blundar och vänder sig mot fönstret, trycker pannan mot det kalla glaset som för att pressa ångesten ur kroppen. Nej, stackars mamma får inte störas. Ingen i familjen, varken barn eller tjänstefolk, törs be henne stiga upp ur sängen om dagarna för att leka med barnen eller hjälpa dem med läxorna. Det är nästan som om mamma inte längre finns, och hon uteblir från middagen också denna söndag – för vilken gång i ordningen är det ingen som vet. Syskonen släntrar in i matsalen med okammat hår och utan att ha klätt om, för det är ändå ingen som bryr sig.

Att mormors Lina har kommit på besök blir ett oväntat avbrott. Snälla, glada Lina väntar på barnen i matsalen med varma omfamningar. Söndagssteken med sås, gelé och sommarens sista burk med bönor intas under skämt och skratt, så olik de senaste månadernas ledsamma måltider. Ingen petar i maten, såsen hinner inte skinna sig förrän den är uppäten, och alla smakar på grönsakerna utan knot. Lina förhör sig om familjen. Vad gör barnen för att muntra upp sin mamma? Inte ska hon väl ligga i sängen hela dagarna. Tänk så roligt det blir med en liten bror eller syster i huset. Lina jagar bort all dysterhet och det är som om glädjen sprider sig genom hela våningen, kilar över trösklar och slinker in under dörrspringor ända till mammas sängkammare. När krusbärskompotten och skålen med vispad grädde ställs fram på bordet, hörs ett knirkande i dörren. Det är mamma i rosa morgonrock som kommer och slår sig ner vid bordet.

Vad gör barnen för att muntra upp sin mamma. Signe blir inte kvitt Linas frågor. Själv är ju Signe äldst och borde vara klokast. Har redan fyllt tretton och är nästan vuxen. Men Signe har bara tänkt på sig själv och aldrig ens läst en godnattsaga för syskonen. Hon har faktiskt inte gjort det minsta försök att skingra mammas dystra tankar. Tvärtom har hon försökt värja sig emot dem. Stängt dörren.

När småsyskonen lagt sig stiger Signe in i sängkammaren och kryper ner i mammas säng. Hon gör det oombedd och utan att fråga om lov. Lägger sig tätt intill mammas mjuka kropp som luktar gråt. Mamma ska inte vara ledsen mer, viskar hon, och klappar hennes talkpudrade axlar. Jag ska ta hand om mamma. Svettfuktiga lakan, okända odörer och en svag fläkt av lavendeltvål. Signe har en likadan med veckat silkespapper runt. Från Paris, en julklapp från pappa. Mamma vänder och vrider sig i sängen och går upp stup i ett, har kramp i ett ben eller har svårt att andas eller måste på pottan. Hon går runt i rummet, rastlös och kvidande, och natten tickar långsamt fram i sömnlöshet.

Sängkammaren känns annorlunda än Signes eget sovrum, med andra ljud och ett annat slags mörker. Droskornas lyktor far över takets stuckatur. Långt borta hörs sågverkets klingor skära genom nattmörkret. Signe lägger sig tillrätta. Drar försiktigt åt sig mer av mammas täcke. Låter sin hand vila mot hennes mage och känner fostrets rörelser genom nattlinnets tunna tyg. Min och mammas lilla bebis, mumlar hon. Men mamma hör inte, hon sover med lugna och allt djupare andetag.

När Signe vaknar sitter mamma redan vid frukostbordet intill fönstret med gardinen fråndragen. Hon har lagt upp fötterna på en pall och är djupt försjunken i dagens tidning. En solstrimma faller in över tebrickan, och sträcker sig över mattan bort till sängen för att landa på Signes yrvakna ansikte. Mamma tittar upp med ett förstrött godmorgon bara, och säger att frukosten väntar i köket.

Förtvivlan över skilsmässan, förtvivlan över graviditeten och förtvivlan över ett ofärdigt barn. Strax före pingst får Signe en syster.

– Det är bäst att lämna bort barnet så tidigt som möjligt, säger läkaren. Fru Thiel ska inte hälsa på för ofta, inte i början i alla fall. Det blir svårare då, om Lillan skriker när mamma går. Och ingen vill ju att hon blir upprörd i onödan. Det vill ju inte fru Thiel heller, eller hur?

– Hemmet dit Lillan kommer har gott renommé och står under tillsyn av Kongl. Medicinalstyrelsen. Fru Thiel kan vara säker på att hon får den bästa vården. Det är rent och snyggt och hon kommer att utvecklas så långt hennes förmåga tillåter.

– Seså, fru Thiel, överlämna nu barnet i fullt förtroende.

När Signe kommer hem på eftermiddagen är lillasyster borta. Vaggan är uppställd på vinden liksom byrån där de små plaggen förvarats. Visst har Signe både informerats och tagit adjö, men när barnet faktiskt inte längre är kvar blir Signes reaktion våldsam. Lillan är ju inte bara mammas flicka, utan också Signes lillasyster.

1800-TALETS SISTA årtionden: Ett nytt Sverige byggs upp, ett land som industrialiseras med allt snabbare snurrande hjul, en guldålder utan dess like, ett Schlaraffenland för riskkapitalister, investerare, banker, kreditinstitut. Ernest Thiel är en av dem som gräver guld. Från ingenting stiger han upp mot toppen i sällskap av Wallenberg, och blir omåttligt rik. Sedan tröttnar han, får nog, blir utled på ändlösa sammanträden, tycker sig leva i en penningens ökenvärld, känner sig själlös och instängd av pengars bojor. Han bryter med alltihop. Lämnar hela sitt tidigare liv med banker och finansinstitut och barn och fru och fashionabel bostad på Villagatan.

Signe-Maria Hansen heter hon, kvinnan som Ernest gifter om sig med. Hon kallas ofta Sissi i familjen eftersom det nu finns två som heter Signe. Ernest beskriver förälskelsen som en orkan som sopar bort allt damm och all spindelväv och frigör honom från det borgerliga äktenskapets cellfängelse. Passionen ger hans ande frihet att växa på nytt och han tar klivet från *att synas vara* till *att vara*. Men frihetens pris blir högt.

"Denna kris i mitt liv kostade mig allt", skriver han. "Mitt borgerliga umgänge för det första. Fruarna Wallenberg och Bonnier rynkade på näsan! Min egen bror tog avstånd från mig. Jag kom ifrån mina fyra äldsta barn, och kom dem aldrig riktigt nära igen. Och sist men icke minst: mina nerver blev förstörda. Jag smög runt gathörnen, rädd att möta bekanta." Han lämnar stan tillsammans med Signe-Maria och flyttar till Blockhusudden längst ut på Djurgården där vinden blåser friskt från Saltsjön.

Filosofen Friedrich Nietzsche blir Ernests räddning. Han rättfärdigar uppbrottet och skilsmässan, eftersom människans plikt är självförnyelse och uppbrott från gamla normer och kulturmönster. Ernest blir som besatt av Nietzsches budskap. Han tycker sig stå i skuld till filosofen och vill återgälda det han gett honom och donerar en väldig penningsumma till Nietzschearkivet i Weimar och översätter själv flera av hans böcker till svenska.

"Jag har just avslutat översättningen av Nietzsches 'Till moralens genealogi' som jag har sysslat med alltsedan i höstas", berättar han i ett brev till Signe. "Jag har sedan många år ej kunnat läsa annat än denna bok, som var min fröjd i alla livets skiften, min soluppgång, min dopfunt och från pärm till pärm min heliga relik. Det är först genom den boken, jag börjat leva, och om det än var sent så blev det så mycket starkare. Välsignad vare den!"

Signe återknyter kontakten med pappa, först försiktigt och prövande utan att berätta det för mamma, för att så småningom ta steget fullt ut. Hon söker något som kan återupprätta hans heder, och detta något måste vara av ett slag som står höjt över familjelivets skiljaktigheter.

Hon har en far som en gång var påtänkt som riksbankschef. Tänk om det är sant som ryktet säger, att det stupat på att pappa är jude. Där har Signe det hon söker. *Som stupat på att pappa är jude.* Plötsligt står det klart att pappa utsatts för samma sorts judehat som Dreyfus i Paris. Signe, hans dotter, ska ge Ernest hans heder tillbaka.

Hon slår sig ner vid sitt skrivbord och drar upp en söndertuggad blyertspenna ur fickan. Hon går tillväga på samma sätt som hon alltid gör, skriver först en kladd där hon kan sudda och ändra för att sedan renskriva. Hon doppar stålpennan i bläck, drar några streck för att få upp flytet.

"Det var min dröm att äga en fader som var statsman", skriver hon. "Jag visste att Du skulle ha varit det, om icke judendomen låg tungt på dina skuldror. I min enfald tänkte jag på möjligheten av en övergång till vår svenska statskyrka. Men vad hade jag då förstått av Din själ, som ej kan ljuga sig till en främmande lära."

I Paris hade 1894 den franske judiske officeren Dreyfus oskyldig dömts till livstids straffarbete för spioneri och som straff deporterats till Djävulsön. Åklagaren hade hänvisat till en hemlig dossier, som senare visat sig bestå av uppdiktade bevis – ett antisemitiskt justitiemord på högsta nivå som delade inte bara Frankrike, utan hela Europa i två läger.

Antisemitismen grep in i alla europeiska judars liv och Signes föräldrar gjorde som många andra, de lät döpa sina barn – inte för att kristna dem, utan för att skona dem från judeförföljelser – något som senare skulle visa sig vara en tunn fernissa utan något som helst skydd i Hitlers Europa. Signes ”judedop” undertecknades den 12 januari 1893 av kyrkoherde Oskar Lagerström i Hedvig Eleonora församling i Stockholm. Signe hade nyss fyllt åtta år. Hon visste förstås att pappa och mamma var judar, och förmodligen även skälet till dopet.

Signe sitter länge kvar vid skrivbordet. Pappa har skyddat sina barn genom att döpa dem, men inte sig själv. Han skulle aldrig göra någonting sådant. Aldrig för egen vinnings skull. Det skymmer utanför fönstret men hon tänder inte lampan. Hon läser det hon skrivit om och om igen. Trots att hon kan brevet utantill fortsätter hon att läsa tills mörkret suddar bort all text. Pappa är återupprättad, konstaterar hon och lägger brevet i ett kuvert.

Nästa dag svarar pappa: ”Den verkliga pöbeln, den som dömt Dreyfus, går inte klädd i arbetsblus, gör inga blodiga revolutioner och träffas inte av lagar och förordningar. Han är farligare än så för han bor inom oss själva.”

Judefientligheten är ständigt närvarande. Den finns i Signes omgivning som bordunsträng, en ständigt klingande referenston.

Jag letar och gräver i Signes blommiga kista, försöker ordna papperen i någon sorts system och fastnar och läser gamla brev i stället. I en liten pappask ligger några fint dekorerade brevkort till Signe, skrivna med sirlig handstil från Signe-Maria på hennes bröllopsresa med Ernest. Det verkar som om hon anstränger sig för att upprätthålla en bra relation till Signe. De små korten med sina blomrankor berättar om Signe-Marias utsatthet och skuld. Hennes oro lyser igenom ömhetsbetygelserna och hon ger sig själv smeknamnet Sisselill, som för att blidka Signe. Signe-Maria är illa sedd av många, hennes position bräcklig och angreppen hätska. Signe är Ernests älsklingsdotter, och kan inte Signe-Maria vinna över henne på sin sida, kanske hon riskerar att också förlora Ernest.

”Hur ser det ut i ditt lilla hjärta? Vill du ha förtroende för Sisselill? Jag drömde något om dig i natt – ja, älskling, hur ser det ut i ditt lilla hjärta”, undrar hon och skickar tröstande ord. ”Min älskade unge, jag håller av dig så, kära Signe min, all sorg i världen ville jag bespara dig! Du skall ej se på din mor och vad som varit med *bitter* sorg utan du skall le stilla och med vemod, förstående att det finns sådana nobla, goda människor som dina föräldrar som när vårens och kärlekens tid är förgången, kan säga farväl till varandra med en 'väns god natt'. Jag sänder dig, i en kyss hela Sisselill.”

Hur reagerar Signe på breven. Ser hon en Sisselillhäxa som med sina konster förtrollat stackars pappa, och nu också försöker lura Signe. Trots det, eller hur det än förhåller sig, lyssnar Signe och lockas av Sisselill. Det är uppenbart att de har en långvarig vänskap bakom sig. Nu dras hon till Signe-Maria som ett bi till en blomma. Signe-Maria utstrålar lycka och kärlek. Hon är lika glad som mamma är ledsen. Signes lojalitet mot sin mamma är djup och kärleksfull, men hemma vilar en kvävande känsla av betryck. Hos pappa råder det motsatta. Lyckan är en magnet som drar Signe till sig. Tillsammans bildar Signe, Ernest och Signe-Maria en triangel som ännu så länge är utan slitningar.

LÄNGST NER BLAND alla dokument i Signes dalakista ligger en bunt brev nerstoppade i ett skrynkligt brunt kuvert. Det visar sig vara en brevväxling mellan Signe och hennes pappa – inte fulltalig, många brev som Signe skrev saknas – men tillräcklig för att ge en bild av deras relation. Brevväxlingen pågår under Signes ungdomstid, från det hon är fjorton till dess hennes första äktenskap havererar. Far och dotter har en både stark och bräcklig relation, som bägge bemödar sig om att upprätthålla. Efter 1908 då Signe bryter, blir deras förhållande aldrig mer detsamma.

Vid sekelskiftet har Ernest börjat en ny karriär som konstmecenat och besöker Europas stora konstmuseer. Han reser runt i Sydeuropa och skriver till Signe vad han upplever.

"Velázquez tjusade mig, fördjupar man sig i honom så kan man spansk historia utan att ha läst den. Han är skickligare än andra, men man märker aldrig virtuosen, han kunde sitt hantverk till den grad att man endast ser hans konst. Och den som var hans egentlige lärare, Theotokopoulos, född i Grekland och därför kallad El Greco – är den intressantaste konstnär som finns med sina underliga figurer, sin bisarra teckning ... Denne grek var uppenbarligen pappa för hela den spanska högrenässansen. För övrigt slår jag mig i backen på att han var jude; han har snokat överallt, lärt överallt och slutligen förmått smälta allt som han sett. Resultatet vart en märklig och mäktig personlighet."

Sedan vilar han ut på kurorten Karlsbad i Böhmen. Efter varma bad, långa promenader och tre bägare hett mineralvatten intagna i vilstol, tar han fram pennan igen. "Vissa dagar av ens liv måste ens ideal vara drömmarens – särskilt när man är nedstämd till lynnet, trasig till själen, trött till tanken. Då lägger man gärna sitt huvud i Leonardo da Vincis knä och låter vagga sig till ro av hans tysta grubbel och stilla fjärran. Men denna sinnesstämning brukar ej vara så länge hos mig. Mina tankar börjar alltid irra samma väg till det herrskap som jag har gott och ont att tacka för: Mina förfäder, både bagarna i Eupen och schackrarne i Frankfurt. Och då blir jag plötsligt arg, hoppar upp och glömmer min dröm: Adjö med Leonardo. Hellre då Michelangelo! Vilken eldsjäl, vilken kokande, fräsande, sprakande, sjudande kittel! Hans Yttersta domen är ett ständigt mullrande tordön, som rullar fram över världen, än ljungande och tändande, än höljande den i mörker och ändlöst ve. Stugan var för trång för den mannen – han sprängde sin egen konsts rågångar, och i stället för en bild skapade han en bedövande orkester med pukor och trumpeter, stråkar och trummor, orgel och kör – och alltsammans utfört med en konst, som samlade allt och famlade ingenstädes."

I maj 1905 är det två år kvar till Thielska galleriets invigning. Ernest är utarbetad och ”dras med ett lass som håller på att fastna i dyn”. Han längtar bort från ”alla artistsjälar som hänger sig fast i mina frackskört”, men gläder sig över sitt senaste konstförvärv.

”Min märkligaste tavla hänger här bredvid mitt skrivbord. Det är seklets stora konstverk av Hammershøi, min siste vän. Den föreställer fem personer i helfigur, som synes lida av binnikemask och av denna anledning rota i sitt inre – men man kan omöjligt beskriva den bilden. Du får se själv.”

Signe svarar med att fråga vad en konstnär är, och Ernest skickar brev med vändande post: ”En konstnär, kära barn, är ingen undantagsmänniska, ty vi är alla konstnärer. Men målare kallas den konstnär, som ej får någon ro innan han på duk, på vägg eller papper ’återgivit’ de barn, med vilka han alltid går havande. Han blir ej belåten innan han fått föda fram dem. Men under denna process ligger något annat och djupare: Hans konst är det starkaste han äger, och detta mobiliserar han för att skaffa sig makt för att erövra världen – eller åtminstone den gamla världen. Konst vore en farlig sak, om ej konstnärerna vore så dumma, ty målarna är de dummaste folk jag vet. Men när de någon gång icke är dumma, så älskar jag dem.”

Många brev berättar om svårigheter som varit, och hur relationen mellan far och dotter har förändrats. ”Vad jag känner mig väl förstå dig”, skriver Signe. ”Och vad jag beundrar din märkliga utvecklingskedja. Det är underbart att tänka sig dig då och tänka sig dig nu, förädlad genom filosofi, fördjupad, förstorad och, trots din maktdyrkan eller kanske genom din maktdyrkan, så starkt gripen av universums storhet och din egen tankes litenhet.”

Ernest svarar: ”Fast jag på sin tid övergav dig jämte allt annat, har jag på senare åren börjat tycka om dig mer och mer. Säkert har du rätt däri, att jag för tio år sedan var despotisk – men detta sitter nog kvar ännu, ty en dylik egenskap rycks ej upp med roten. Man kan aldrig bli något annat än som det man är – man kan aldrig göra en persika av en rova. Men ser du, skillnaden ligger däri, att jag var en självisk och obehaglig despot, medan jag nu blivit en något angenämare sådan – min despotism har ändrat kostym och uppträder numer i mjuka lena sammetsbyxor. Mycket måste jag lägga min då för tiden växande retlighet och nervositet till last, beroende dels på affärer, dels på omöjligheten att i de kretsar, där jag då umgicks, hämta någon som helst näring för mina slumrande andliga anlag. Visserligen är det sant att allt hade förblivit vid det gamla, om jag ej råkat Sissi som blev min verkliga mamma, ty hon är den som har fött mig till världen.”

Visst blev Ernest besviken när hans förstfödda visade sig vara flicka, men poängterar också att han aldrig velat ha henne annorlunda, ”utom möjligen idag, efter tjugo år, då du talar om Nietzsche. Men du är nu bara ett litet flickebarn. Och därför ska vi ta saken lugnt. Kollra inte bort ditt huvud med Nietzsche, utan svälj honom såsom du själv säger, långsamt och stilla, i jämna små doser. Ty annars kära barn, kunde du förlyfta dig, bli vriden och börja tala filosofi på olämpligt sätt med din fästman så att även han till slut började önska, att du icke blivit flickebarn. Och det vore väl onödigt.”

I sin pappas ögon är hon ”bara ett flickebarn” och allvarliga tankedjup är ingenting för kvinnor. Hur reagerar Signe?

Hon revolterar naturligtvis.

JAG MÖTER SIGNE på en till hälften sönderfrätt råkopia som råkat bli sparad, inte ett studioporträtt utan en informell bild som säkert är tagen av någon god vän. Hon är femton, sexton år och sitter lite nonchalant på en soffa med en cigarill i handen. Klänningen är höghalsad med en stor sammetskantad krage i form av ett blomblad, men både cigarillen och hennes hållning visar att det är frågan om en engagerad "medborgarinna". En kvinnlig rebell.

Det är sekelskifte med anarkister och socialister och rösträttskvinnor som revolterar och organiserar sig. Socialdemokrater och liberaler växer sig starka och gamla privilegier ifrågasätts. Det demokratiska genombrottet väntar runt hörnet, men redan nu är samhället i omvandling – och där, i vimlet någonstans, syns Signe. Borgardottern, överklassflickan crème de la crème, väntar vid Långholmens fängelseport när anarkisten och proletärdiktaren Leon Larsson släpps fri och som om inte det är nog bevistar hon uppviglande möten, vilket når rektorns öron i den skola där hon går. Signe avstängs och tvingas byta skola.

Hennes pappa skriver: "Du vill alltså omskapa världen och du känner dem som skulle kunna det. Det är väl ett eller annat snille, kan jag tro. Men du misstar dig. Snillena förmå det icke, redan därför att de är alldeles för många. Det finns emellertid en annan typ som skulle kunna uträtta mycket i världen, vore den blott icke så sällsynt, en typ vilken du måhända ännu icke lärt känna: *Människan.*"

Ernest resonerar och diskuterar med Signe och tycks ibland glömma att hon "bara" är flicka och försöker med konstens och filosofins hjälp vidga hennes vyer. I Signe, den älskade dottern, ska alla de karaktärsegenskaper nedläggas som Ernest själv hyllar: Den stolta oberoende människan, den trotsiga, ensamma, okuvliga och fria individen. "Där den typen växer och inom sin egen värld lägger under sig nya länder och genomvandrar nya vidder, där frodas lyckan, livslusten och hälsan, där bär träden livets skönaste och mest sällsamma frukter."

Signe närmar sig stan med några böcker i en rem under armen. Det är en ung rösträttskvinna som är på språng, klädd i stickad luva och blå ullstrumpor under den ankellånga kjolen. Stegen är ivrigt energiska, är på väg likt molnen som driver över himlen och kajflockarna som dyker ner i Humlegårdens trädkronor för en kort, skränig vila innan de fyller hösthimlen igen. Buskage och löv brinner i lågande färger och det passar hennes sinne och hon skrattar och springer som en barnunge bland drivor av kastanjer och virvlande löv. Så besinnar hon sig, borstar bort lite sand från kjolen och fortsätter ner mot centrum med kängsnörena knutna, så som det anstår en femtonåring.

Allt förändras, konstaterar hon, men hjärtat dunkar på samma ställe. Man kan förnimma pulsslagen och blodets brusande på flera ställen i kroppen, men det är hjärtat som är kärnpunkten. Föremålet för ens kärlek byts ut men inte själva känslan. Passionen är alltid densamma. En häftigt övergående eld.

Staden är en annan. Det som i somras var en vindlande grusväg med syrener bakom plank är nu en gatstensbelagd gata. Hon tycker om det. Signe börjar redan känna sig kontinental, som en parisare eller varför inte berlinare. Det schaktas och byggs med sprängskott, varningsflagg och taklagsfester. Arbetare klättrar på byggnadsställningar med tegel och bruk i rullor, och hästar forslar sand och gatsten. Det ska bli esplanader med lindar i dubbla rader och spikraka gator anläggs så långt ögat når. Signe tittar nyfiket in i halvfärdiga portgångar, frågar och förhör sig, vill veta vem som har flyttat in i det eller det huset och konstaterar med vemod att Eriksberg med sina alléer, bigarråer och söta plommon ska rivas ovanför vedupplaget. Hon går utmed parken försjunken i tankar och minnen, ser buskarna mörkna och resa ragg i skymningen och törs knappt vända tillbaka in till vattenbutiken i parken där Harriet och Honorine väntar som överenskommet.

Tre tjuvrökande skolkamrater ska till Arbetareinstitutet på Klara Norra Kyrkogata. De hoppar uppsluppet mellan vattenpussar och hästspillning, skojar och knuffas, är käcka pojkflickor mer än Östermalmsfröknar men är bestämt inga arbetarflickor. Populärföreläsningarna i Anton Nyströms institut är öppna för alla, på programmet står bildandet av fackföreningar, liksom kravet på allmän rösträtt, kyrkans skiljande från staten, nykterhet ... I kväll ska Ellen Key tala.

Flickorna sätter sig tätt intill varandra uppe på läktaren. De ser sig omkring i skumrasket, oroligt och nyfiket trotsigt. Konstaterar att de nog är mötets yngsta deltagare, hör tissel och tassel och rykten om kvällens föredrag som kommer att handla om fri kärlek – är ämnet tillåtet också för dem?

Vördnad och förväntan får sorlet i publiken att tystna när Ellen Key går fram mot talarstolen. Hon betraktar den fullsatta salen. Säger ingenting, väntar en stund. Glödlampan som hänger från taket i salen släcks. Podiet ligger i ljus och Ellen Key sträcker på sig och tar sats.

– Kvinnor har rätt till fri kärlek och kärleken är sedlig också utan äktenskap.

Publiken avvaktar, håller andan ett ögonblick, men så bryter det lös. Vem är kvinnan som vågar utmana vad Gud har instiftat? En sodomit, ett avskum ... Visslingar och burop. Några applåderar och stampar taktfast i golvet medan andra ställer sig upp och hötter med knutna nävar. Också Harriet reser sig, applåderar och ropar bravo medan Signe och Honorine försöker hyssja och dra ner henne på stolen igen.

Ellen Key står lugnt kvar på podiet. Hennes vita hår omstrålar ansiktet. När okvädinsorden avtar skärper hon tonen och fortsätter sitt anförande.

– Jag tror på kvinnornas förmåga att förändra världen – det vill säga männen!

Signe Thiel, Harriet Löwenhjelm, Honorine Hermelin. Tre överklassdöttrar modernt fostrade. Skolkamrater i Anna Sandströms seminarium med en undervisning så långt bort man kan komma från tidens auktoritära pluggskola, inspirerad av den amerikanske reformpedagogen John Dewey och den danske föregångsmannen Grundtvig. Anna Sandström själv undervisar i historia, och Signe beskriver henne som en ung pojke, kvick, rolig och kunnig med ett smittande skratt. Ämnet historia anses särskilt viktigt för flickor eftersom tiden fordrar "medborgarinnor", alltså samhälleligt engagerade kvinnor, och det åstadkommer man genom praktisk och nyttig historieundervisning. Lärarens personliga engagemang är centralt, det handlar om "inverkan av en själ på en annan själ".

– Jag var inte alls flitig och duktig, berättar Signe. Jag var en obstinat elev. Och lat, väldigt lat. Jag hade läst *Martin Bircks ungdom* och Zola, och Dreyfusaffären berörde mig starkt under hela min uppväxt. Men Anna Sandström sa att hon ville skona ungdomen: "Det är synd om det unga släktet och de ska slippa att få veta om allt ont i världen."

Seminariet blir trots det – eller kanske just därför – en plantskola för stridbara kvinnor som kämpar för kvinnors rösträtt och rättigheter. Honorine Hermelin, Elsa Björkman och Emilia Fogelklou är några som senare blir eldsjälar i det kvinnliga Fogelstadförbundet och Signe själv engagerar sig i Fredrika Bremerförbundet. Också krigssjuksköterskan Elsa Brändström, känd som "Sibiriens ängel" i det första världskrigets Ryssland, kommer från Anna Sandströms skola.

Harriet Löwenhjelm går en annan väg. Hon är egensinnig, skriver dikt och tecknar men dör i tuberkulos redan vid trettioett års ålder. Bland Signes dokument hittar jag små akvareller, snabba skisser som hon gjort.

Signe föds rakt in i ett turbulent åttiotal. Det gamla dammiga etablissemanget vräks åt sidan och de unga tar över med Strindberg som anslår tonen. 1884 bildas Fredrika Bremerförbundet med stridbara Sophie Adlersparre i spetsen. Socialismen landstiger i Sverige med agitatorn August Palm, August Strindbergs *Giftas* leder till åtal, Konstnärsförbundet bildas i protest mot en mossig akademi. Och så vidare.

En grupp konstnärer och författare träffas regelbundet och utbyter tankar hemma hos Signes mamma. En liten salong skulle man kunna kalla det. Samtalen kretsar kring människan, den trotsiga individualisten som går sin egen väg och inte lyder någon annan härskare än sig själv, som går på tvärs mot samtidens ideologiska masskollektiv, det vill säga socialister, kommunister och senare också nazister.

Det är Nietzsches övermänniska som stiger in i salongen, men i en annan mening än vad som ofta förknippas med begreppet. Det handlar om prefixet *över* i betydelsen överskrida sina egna gränser, snarare än överlägsen, det vill säga anse sig förmer än andra. Det är de egna ”andliga kritstrecken” som ska överskridas, de som håller människan fången i snäva tankebanor. Nietzsches filosofi blir den fria andens förlossningslära och Nietzsche det stora namnet i Europa med Nietzschearkivet i Weimar som mötesplats. Dit kommer Ellen Key, André Gide, Edvard Munch, Rainer Maria Rilke och senare Thomas Mann och många fler.

Ett sista bloss på cigarillen innan Signe springer hem till söndagens salong. Klockan är ännu inte tre och ingen av författarna har ännu anlänt, förutom Ellen Key, vars välbekanta hatt skymtar på hatthyllan. Signe smiter in i toalettrummet för att gurgla bort tobaksdoften och sticker sedan in huvudet i köket för att be jungfrun om hjälp med håret. Det blåser ute, en snålkall aprilblåst som stökar till i både vårhattar och frisyrer, och jungfrun nickar. Ett ögonblick bara, fröken!

Signe går in i sitt rum och snör upp kängorna. Drar motvilligt av sig blåstrumporna. Alltid kunde de ha retat någon, den där stroppiga Heidenstam till exempel. Hon tar fram några andra ur byrån, ett par harmlösa beiga. Prövar en vit krage runt halslinningen, speglar sig och lägger tillbaks den. Varför kommer inte jungfrun? Hon slänger sig på sängen med *Anna Karenina* i ena handen. Just det, hon ska fråga vad Verner von Heidenstam tycker om Tolstoj. Hon ska börja med bokens första mening som inte kan lämna någon oberörd.

När hon en kvart senare stiger in i salongen har gästerna redan samlats. Hon niger och tar i hand. Ler artigt åt herrarnas lustigheter, lyssnar och upprörs av Victoria Benedictssons bok *Pengar*, munhuggs med den danske litteraturkritikern Georg Brandes och häpnar när Verner von Heidenstam föraktfullt kallar Tolstoj för "den där skomakaren".

Signe slår upp *Anna Karenina* och läser andäktigt bokens första mening högt, så som hon planerat.

– Alla lyckliga familjer liknar varandra, varje olycklig familj är olycklig på sitt eget vis.

– Det där är Signe för ung för att begripa, svarar Heidenstam och vänder sig bort.

– Ja, jag är ung, svarar Signe, men det går över. Men Verner är dum och det går visst aldrig över!

Orden har hoppat ur hennes mun som av sig själva. Hon känner hur blodet rusar upp i ansiktet. Det blir Hjalmar Söderberg som räddar henne, som utan att märka vad som hänt och på sitt valhänta sätt drar henne åt sidan. Med cigarren i handen viftar han stolt med ett halvskrivet pappersark som han ber henne läsa. Askan flyger i luften och Signe låtsas intresserad, men är alltför upptagen av sig själv och sitt modiga näsvisa svar till Heidenstam.

Signe har sagt sin mening och trampat på blankputsade tåhättor. När herrarna har gått och ytterdörren slagit igen, kryper hon upp bredvid Ellen Key framför brasan.

– Stå på dig, uppmanar hon och drar Signe närmare intill sig och blåser på glöden så att elden flammar upp.

"LÅNGT INNAN PAPPA lät bygga Thielska galleriet gick vi långa promenader Djurgården runt, tidiga, mörka vintermorgnar klockan sju eller ännu tidigare, och så hem längs kanalen och över Gärdet och när vi sen kom hem gick solen upp."

Mer än så berättar inte Signe om promenaderna. Ingenting om vad de talade om, diskuterade eller hade olika meningar kring. Kanske gick de tysta försjunkna i tankar, eller så uppehöll sig Ernest vid Nietschze med Signe som lyssnade, eller låtsades lyssna som hon brukade. Att Signe och pappa talade förtroligt med varandra, också om intima saker, framgår i en del brev. Det kunde gälla sådant som Ernests avföringsproblem eller Signes menstruationssmärtor, men säkert också Signes förälskelse i den unge Olov vilken föräldrarna gjorde allt för att få slut på. Hon hade skickats iväg för att glömma honom, inackorderats en hel vinter på en herrgård i Östergötland där hon deltagit i skridskopartier på olika sjöar, åkt öppen släde med klingande bjällror, druckit punsch, ätit supéer och dansat. Naturligtvis glömde hon inte Olov, och när herrgårdslivet inte hjälpte reste hennes mamma till Italien med henne och en skolkamrat, vilket heller inte fick henne att ändra sig.

Kanske var det bara denna enda gång som hon promenerade runt Djurgården med Ernest, men en viktig sådan, en som minnet ville förstora och förmera, en stark barndomshändelse som avsatte spår och kom att bli en del av Signes identitet som sin pappas älsklingsdotter.

De vandrar längs Karlavägens mittremsa där det är skottat och sandat, och pappa svänger sin smala käpp med silverkryckan alltid lika nyputsad och Signe går bredvid i varma snörkängor. Han drar ner sin pälsmössa över öronen när vinden drar in från Nybroviken och snön snor runt gathörnen och Signe värmer händerna i muffen och låter pappa ta henne under armen när de pulsar över bron i yrsnö. Frosten biter i kinder och örsnibbar tills nattkylan viker undan och en ljusning kan skönjas i öster.

Signe är pappas älskade dotter och han hennes första stora kärlek. Nu väntar hennes andra kärlek. Hon är sjutton år och bestämmer sig för Olov, vad än pappa tycker.

”Min utveckling är ju alltid smärta”, skriver Signe i dagboken före sin artonårsdag. ”Det enda som verkligen plågar mig, är att jag fortfarande tycks stå så långt ifrån målet, min kärleks tillfredsställelse, vilket av naturliga skäl är det väsentliga i mitt liv. Dock tror jag fullt och fast, att det med vilja och klokhet skall lyckas mig, att jag skall få öppna mina kronblad för kärlekens sol, innan dessa hunnit vissna. Med detta sista ord 'vissna' har jag ju kort och enkelt bekänt, vad som utgör mitt livs oro och sorg; fruktan att ej gripa det rätta ögonblicket, utan vänta tills allt vissnat, men jag har ju min ungdom, mitt mod och mitt goda huvud att lita på, så ännu är det ej värt att ge sig hän åt det tröstlösa.”

Ett år senare griper hon ögonblicket, gifter sig med Olov och får en son. Att hon skulle ta studenten och läsa på universitet tycks ha varit lika främmande för Signe som för hennes föräldrar. Hon gör vad som förväntas av borgerskapets döttrar, först flickskola och sedan seminarium, men utan att ha lärarinneyrket som mål, för att därefter leva ett liv i dockskåp tills den oundvikliga katastrofen kommer, vilken i Signes fall blir skilsmässa.

”Det var dumt av mig att inte kunna fatta, att min kärlek hade skadat också honom”, skriver hon i dagboken. ”Jag bjöd honom nämligen ett liv, som icke nödvändiggjorde hårt arbete utan tvärtom inbjöd honom att följa sin allra svagaste böjelse – nämligen sin lättja. Han kunde äta utan att arbeta. Det förde honom på avvägar.”

Uppbrottet blir Signes första svåra prövning. Hon tar ett smärtsamt steg mot ett eget liv.

Tänk om det hade gått att fråga Signe om vad som verkligen hände. Det finns så få uppgifter om Olov, några dagboksanteckningar bara och ett brev. Är det sant att han kidnappade barnet och använde det som utpressning? Hur kunde hon välja så fel. Vara så förblindad ... eller var det i själva verket han, den vackre Olov, som gifte sig med fel kvinna. Jag måste sätta mig bredvid Signe för att få henne att berätta. Väcka henne, värma henne och dra henne intill mig.

Hon sjunker ner i den röda stolen, i länstolen där hon alltid brukade sitta, den med läslampan intill och barnporträttet ovanför. Utan att hon märker det eller nästan utan att hon märker det, slår jag mig ner på stolens breda armstöd och lägger min arm runt hennes axlar. Kakelugnen är fortfarande varm efter morgonens brasa och nu öppnar hon luckorna och lägger in ett vedträ. Jag reser mig och öppnar spjället en smula, ser mig om, ser rummet ligga i dunkel och hör regnet rassla mot fönstren.

Signe lutar sig tillbaka och tar upp sina glasögon ur klänningsfickan. Hon granskar ett tummat fotografi och räcker det till mig. Jag vrider på lampan och ser en man till häst med öppen skjorta och ridstövlar.

– Olov var min första kärlek, säger hon och låter fotot falla till golvet. Det talas alltid om ung kärlek som den vackraste och starkaste men min livserfarenhet är en annan, förklarar hon. Jag har älskat i hela mitt liv och redan vid femton mötte jag den stora kärleken. Jag kunde inte föreställa mig något annat än evig och orubbad trohet, och fortfarande, efter många års erfarenhet, kan jag inte tänka mig en stor kärlek som inte är bunden till trohet. Är jag barnslig? Kanske. Vi vet ju båda vad som vanligen händer. Till min häpnad och förfäran gick den första kärleken i kras. Efter tre års äktenskap blev den fullständigt slagen i spillror. Jag kände ingenting alls eller snarare avsky för honom. Jag förstod honom inte på något sätt, och jag förstod inte mig själv.

– Var är du någonstans, Signe? Vilket år, vilken tid? En flod med minnen flyter förbi. Det måste vara före kriget, men vilket av dem.

– Det första, säger hon osäkert prövande. Tiden är en svallvåg. Den väller fram så plötsligt och drar sig undan lika snabbt.

– Du fick en son med Olov?

– Lille Ulf, nickar Signe. Den förste i syskonskaran som leker med det röda ryska träägget i leksakslådan, det med många mindre inuti. Men plötsligt tog kärleken slut.

Hon reser sig och lyfter ner porträttet av Ulf, lägger det i knät och betraktar bilden. Ett barn i kolt, mer likt en liten flicka än en pojke. Hon tar upp en skrynklig näsduk ur fickan som hon pressar mot munnen. Sitter länge tyst. Vill inte berätta eller förmår kanske inte. Minnet av det som hände har varken bleknat eller glömts. Så är det ju, tänker jag. Tätt intill hjärtat bär vi det outhärdliga, finns ett rum reserverat för det, kan en dörr plötsligt öppnas och instängd smärta välla fram.

– Olov spelar bort allt på poker, viskar hon. Först försvinner några smycken tills jungfrun upptäcker att nästan allt matsilver är borta. Sedan kaffeservisen, silverbrickan och dyrbara böcker som jag först inte saknar. Hemmet töms på allt innehåll, föremål, pengar, förtroende, kärlek och till slut också barnet.

Ut, skriker jag. Försvinn härifrån! Men Olov ler bara syrligt och lyfter på hatten. Låt din pappa betala, säger han och går.

– Han använder barnet i utpressningssyfte. En morgon är lille Ulf försvunnen. Signe och barnjungfrun letar överallt. Har Ulf gömt sig någonstans, fallit ut genom barnkammarfönstret? Det visar sig att Olov gett sig iväg med pojken och kräver Ernest på pengar med lille Ulf som pant.

Jag väntar på en fortsättning och går bort till fönstret och tittar ut. Löven har blåst bort och en gren slår mot fönsterglaset. Grått ljus fyller rummet och en spårvagn skramlar förbi.

I slutet av 1907 går således allt det som Signe litat till, i kras. Olov som varit hennes stora ungdomskärlek tar barnet med sig och försvinner. Och det kanske allra värsta: Ernest sviker. När Signe behöver sin pappa som mest, vägrar han att hjälpa henne.

De förbittrade breven som Signe skickar till honom finns bevarade. De visade sig ligga i lådan i hans nattduksbord när han dog, inte undanstoppade i någon kartong någonstans, utan lätt tillgängliga som för att läsas om då och då, som om han ända in i döden ville bli påmind om hennes uppror.

Den 12 november 1907 skriver hon: "Ingenting i Katekesen är sant, mer än satsen om fädernas missgärningar. Åtminstone har ingenting annat blivit sant i mitt liv. Och det är med utgångspunkt från detta sistnämnda jag talar. Således: min fars beprövade bragd att överge mig när jag var liten, har så småningom skapat en djup klyfta mellan honom och mig, tills vi, den dag som är, blivit fullkomliga främlingar för varandra. Att detta innebär en förbannelse för honom, har jag ingen anledning att tro, men för mig har det förvisso icke varit himmelens manna. Hade han känt en fars samhörighet med sitt barn, skulle hans händer ha darrat av iver att hjälpa mig, hans ögon längtat efter att se mig och forska i mig, och hans tanke skulle ha närmat mig förbindelsen med evigheten. Och allt detta skulle ha varit mig ganska behagligt.

Hur annorlunda är det icke nu! Så lite känner han mig, att jag knappast angår honom. Han föraktar utan att veta, dömer utan att höra. Han vill icke tänka kärlekens tanke: I hennes liv finns dunkel och hemligheter som hon icke kan förråda, och hon hör till dem som icke vill räddas. Hennes omdöme förvånar mig, hennes smak förstår jag icke, hennes lära är icke min. Men jag ser att hon är olycklig, och allt, allt vill jag göra för att värma henne, så gott jag förmår. För hon är mig kär. Och jag tänker på henne.

Hade det varit så, skulle du ha sagt till dig själv: Vad kan jag göra för henne? Åtminstone en sida är verklig och påtaglig, och där kan jag gripa in. Hennes liv var en gång övermodigt och stolt. Det håller nu på att gå isär av penningbekymmer och gnagande, svår oro. Där kan jag hjälpa, gudskelov! Men hur? För det första ska jag som en manlig man hålla tyst med min åsikt om hennes make. För mig vore annat av ringa tillfredsställelse, men för henne kan det få farliga konsekvenser. Och jag ska skaffa hennes make ett regelbundet arbete, i oberoende av min direkta överhöghet, och med en trygg inkomst.

Enligt min mening förtjänar han det visserligen icke. Men vad spelar min mening härvidlag för roll? Det gäller henne. Jag behöver icke förstå, bara älska. Hon är förbindelsen med evigheten som icke får brista – allra helst icke av så små och ynkliga orsaker. Må jag således skynda, mina händer darra av iver.

Så har detta talet varit öppet och fritt. Det må leda till vad det vill – värre kan det icke bli! Din dotter Signe."

Hur Ernest reagerade på Signes brev vet man inte. Att han hade oroat sig för hennes utveckling framkommer i ett brev några år tidigare, den 13 mars 1904.

"Du liknar din farmor därutinnan, att du icke vet, vad du skall 'skriva om' – alldeles som om ingenting längre existerade mellan himmel och jord! Och ett sådant brev som ditt gör onekligen intryck att vara förestavat av en känsla, som har starkt släkttycke med dotterlig plikt. Jag tycker om ordet plikt – men icke i denna bemärkelse eller i den vedertagna överhuvud. Och jag började fundera över, om du möjligen är någonting ännu, och i så fall vad du är; ty detta är svårt att veta för mig, alldenstund jag övergav dig, då du ännu helt var barn. Och jag började undra, om du ej lärt dig litet väl av 'plikt', om ej din egenmäktighet fått lösa tyglar något väl tidigt, om ej din härsklystnad tumlar om i förtid och om du i allmänhet ej blivit en tämligen brådmogen liten hustyrann. För egen del vet jag alltför väl vart dylikt kan leda och om jag än ingalunda vill skylla på andra för det, som säkert varit en bakvänd uppfostran, så har jag dock lärt därav, att undfallenhet, hänsyn och beundran alldeles icke är den rätta omgivningen för ett temperament, sådant som mitt. Kanske lika litet för ditt ...”

Den 14 november 1907, skriver Signe ursinnigt som svar på det brev från Ernest som inte finns kvar:

”Så har vi talat slut om den saken. Du har svarat allt, vad jag väntat. Det ger mig en viss bitter njutning, att jag trott så rätt. Där finns verkligen ingenting mer att säga. Vi talar ändå olika språk – siktar i mörkret. Och pilarna träffar icke – de siktar över målet.

Låt mig blott tillägga en enda sak – enkel nog att kunna förstås. Då jag gifte mig, visste jag icke, att du var rik. Ej heller vad pengar var. Först långt senare har jag glimtvis blivit ryckt ur denna drömvärld, som är min, för att lära fasansfulla saker om penningen. Men mitt brev var inte ett tiggarbrev – och du och jag har för sista gången talat om pengar.

Ja, jag skall icke vidare tala om mig själv. Jag är snigeln som återgår till sitt skal. Din dotter Signe.”

Signe och jag sitter båda tysta. När inga kommentarer kommer, hjälper jag henne bort till sovrummet, drar för gardinerna och ställer dörren på glänt. Våra tankar glider mellan rummen. Signe våndas och sängen suckar. Hennes dom över Olov är hård. Han har ruinerat familjen och kidnappat barnet.

Vad skulle Olov själv ha sagt? Att barnet är det enda som tillhör honom i en familj som äger och bestämmer allt. Att han visst inte har rövat bort sin egen son, utan med faderlig rätt hämtat pojken. Det handlar kanske om desperation, om penningutlånare, procentare, spelskulder och förfallna växlar där ingen pardon ges och ingen respit.

Oavsett förklaringar står Olov chanslös. Poliser inkallas, barnet hittas och återförenas med Signe. Därefter göms affären i tystnad.

Får Olov återse sin son? Han möter Signe på promenad med pojken i handen. God dag Ulf, ropar han till pojken, far det ut ur hans mun, inte högt men tillräckligt tydligt för att Signe ska höra. Ett snabbt ögonkast och hon går över till andra sidan gatan. Olov står kvar en stund och tittar efter dem. Ulf har vuxit. Hans gula lockar är avklippta och han bär kortbyxor och mössa med skärm.

Långt senare, i augusti 1941, skriver Signe i dagboken: ”Fick reda på att Olov tagit sitt eget liv. Gärningen var överlagd sedan länge. I brist på blommor hade han tagit blad från en krukväxt och satt vid Ulfs och mitt porträtt. Detta stumma avsked till dem som betytt något i hans liv gör mig utom mig.”

BLÄNDVITT SOM DÅ det byggdes, och omslutet av en lika bländvit slingrande mur ligger Thielska galleriet mellan höga tallar som vaggar i blåsten. Taket är grönt med en stor kupol och guldklot och runt fasaden löper en enkel rand av färgat kakel. En vitklädd oriental, har huset kallats, drömskt och fantastiskt. Ett italienskt renässanspalats eller ett svenskt Seraljen uppfört för storsultanen på en udde, fast inte vid Bosporen eller Gyllene hornet, utan vid Lilla Värtan. Ett hus där sultanens sagoberätterska öppnar dörrar in till sinnliga trädgårdar.

Tidsandan domineras av en vurm för det orientaliska, för Österlandet som exotisk och sensuell saga. Det är persiska mattor och tedrickning ur glas och på divanen ligger Ernest och låter sig förtrollas av Signe-Maria. Hon väcker hans intresse för konst och han mantalsskriver sig nu som f.d. bankdirektör och träder fram som landets störste mecenat, storslagen och målmedveten. Konsten är husets huvudnummer och hänger i stora salar där blicken förflyttar sig lätt och fritt. Edvard Munch i egen tillbyggnad med en gigantisk Fjæstadsoffa, Rodin och Vigeland i parken. Ett infallsrikt hus som Ernest Thiel själv. Arkitekten Ferdinand Boberg har tagit fasta på det och skapat en estetisk skönhetsdröm.

I mars 1907 invigs palatset med rosenmaskeraden som den kom att kallas, en gycklarnas afton, ett narrspel som i commedia dell'arte med Ernest själv som mästarnarr. Väggarna är täckta med rosor och gästerna kliver ur droskor och båtar med teatermasker framför sina ansikten. Skälmska blickar, inviter och infall ... mot kvällen kastas maskerna och det alla redan vet bekräftas. Festen är Ernests grandiosa revansch. Han är störst, imponerar mest och hämnas alla oförrätter genom att bjuda alla. Just alla. Ovänner som vänner. Bankfolk och kulturfolk, fruarna Wallenberg och Bonnier som rynkat på näsan åt honom, brodern som tagit avstånd från honom, de fyra barnen som han aldrig kom riktigt nära efter skilsmässan. De som nyss fryst ut Ernest och föraktfullt fnyst åt hans andra hustru, vispar nu med varsin liten silvervisp i hans champagne, snoppar hans jättelika svarta havannacigarrer och dansar på hans nyinlagda parkett mellan Bruno Liljefors otämjda natur och Eugène Janssons skymningsblå stad. Signe-Maria är en del av skådespelet. Hon rör sig drömmande och drottninglikt klädd mellan bord och sällskap och man iakttar henne och viskar bakom hennes rygg. En strålande värdinna, ett ljuvt poetiskt väsen. Eller. Förkonstlad som få, en slugt beräknande femme fatale.

Ernest själv syns inte till. Han har smugit uppför en smal trappa till ett litet rum under takkupolen. Han behöver inte se mer av festen. Revanschen är fulländad och hämnden fullbordad. Häruppe råder stillhet, en känsla av helighet. Nietzsches dödsmask lyser vit på en läderdyna, några flämtande ljus syns från bebyggelsen på Lidingölandet och över grantopparna hänger månen. Han öppnar en anteckningsbok och bläddrar fram en blank sida. ”Jag är en främling i mitt hem”, skriver han, ”och går liksom i sömn bland mina vänner. Jag delar tankspridd bord och guld med dem, men ingen, ingen fröjd mitt hjärta känner.”

Kanske vet han vad andra ännu inte vet, kanske anar han bara vad som ska komma. När den sista gästen i den sista droskan rullat in mot stan väntar en annan tid, osäkert vilken. Konkurser kanske, bankrutter och inställda betalningar. Kvällens fest vilken gästerna firar som en storslagen inledning till något nytt, markerar i själva verket början till slutet. 1890-talets kulturgeneration är utan att veta det redan passerad och rosenmaskeraden den sista blomningen.

Ernest är skuldsatt. Hans galleri kommer att säljas. Signe-Maria som leende dansar med svettvåta lockar i pannan, kommer att lämna Ernest och se sig om efter en annan man, och så småningom dö av en överdos opium. Men ännu dröjer det.

Hör Ernest att hans dotter är på väg till honom. Signe har hämtat lille Ulf i huset där hon bor, ett stenkast bara från Thielska galleriet, och smyger uppför trappan med den lille i famnen. Hon vill så gärna visa sin gosse för pappa, fyra månader har han hunnit bli och Ernest har inte ens kastat en blick på barnet. Visst har det varit bråda veckor inför invigningen, men ändå ...

När hon nyss såg hur Ernest drog sig undan efter middagen, beslöt hon att utnyttja tillfället och visa barnet för honom. Hon slängde kappan över axlarna och genade tvärs över parken och genom den lilla dörren i muren, och vidare på stigen bort till Sjötullen där hon bor, lyfte upp barnet ur vaggan och bad barnjungfrun klä honom fin, för att sedan återvända samma väg.

Nu stannar hon på trappavsatsen utanför Ernests dörr, tvekar först men knackar sedan försiktigt och går in när han inte svarar. Ett stearinljus fladdrar i draget när hon öppnar, det enda som är tänt. I dunklet ser hon Ernest stå bortvänd vid fönstret. Han hör henne komma men vänder sig inte om. Står kvar på samma sätt.

– Är det du Signe-Maria?

– Nej pappa. Bara jag, Sinkan.

– Har jag bett dig komma?

– Nej …

Ernest står försjunken i en annan värld, tycks knappt märka att Signe finns i rummet och ännu mindre barnet. Jag ska visa dig min son, vill hon säga. Det är ditt första barnbarn, han är lik dig, pappa … Vilken usel idé att hämta barnet. En förevändning bara, för att själv träffa Ernest, få vara ensam med honom en liten stund, utan Signe-Maria. Hon längtar efter honom. Hon hade hörsammat hans uppmaning att flytta ut till Blockhusudden för att bo nära honom – men vad hjälpte det. Nu när hon har sin bostad alldeles intill hans, visar det sig att han aldrig har tid att träffa henne.

Signe vänder sig om och börjar gå men dröjer i steget.

Hon har inte gett upp hoppet om kontakt. Inte helt.

– Vilken är din bästa tavla, pappa?

– Hammershøi. Repliken kommer snabbt. Seklets stora konstverk.

– Är det sant att din konstsamling är störst?

– Waldemarsudde ligger i lä.

Hon hör triumfen i hans röst, ohörbar för ett ovant öra. Hon möter honom på hans hemmaplan. Ernest har utmanat prins Eugen och prinsen erkänner sig besegrad. Nej, det där sista vet hon inte. Ernest stoltserar med sina segrar men inte med nederlagen, i alla fall inte öppet.

– Jag har elva Munch! Var kan du se en sån vägg?

Ett leende, nästan likt en glädjeyttring, drar över hans ansikte. Han tar pojken från Signe, och bär honom visslande ner för trappan.

– Visst är han söt, pappa.

– Mycket söt. Du vet att jag inte är road av barn.

De går in i den stora salen där middagen intogs för en stund sedan. Tjänstefolk röjer undan, dukar ut och springer iväg med överlastade brickor, blomsteruppsatser, silverkandelabrar och bordsdekorationer. Det skrapar och smäller och slamrar av stolar som bärs ut och bord som fälls ihop. Ernest sparkar undan en hög fläckade damastdukar som ligger slängda på golvet och drar med sig Signe fram till Vilhelm Hammershøis ”Fem porträtt”. Engagerat och med yviga gester börjar han berätta om denna seklets stora målning, när han plötsligt stannar upp. Signe-Maria står i dörren och hennes genomträngande röst skär igenom salen.

– Är det här du är! Jag som letat överallt.

I ett slag är Ernest borta. Signe ser honom försvinna genom dörren tillsammans med Signe-Maria. Efter en sista titt på tavlan kysser hon lille Ulf, sveper filten runt honom och ber en jungfru återbörda honom till vaggan därhemma.

Efter första världskrigets slut är också Ernests saga slut. Renässansfursten med sitt bländvita palats är utblottad. "I kampen för framgång, frihet och makt har jag icke kunnat sätta något spår i tidens gång", skriver han. "Jag har misslyckats på alla områden. Jag känner mig själv och klagar inte. Jag är ett misslyckandets geni."

Förutom barnen har han två vänner kvar, filosofen Nietzsche, visserligen död men högst levande, och författaren Hjalmar Söderberg med vilken han spelar schack. "Det känns lite ovant att jag inte skall kunna bestå mig med en tredjeklassbiljett för att hälsa på dig i Köpenhamn", skriver han till Hjalmar Söderberg.

Ernest har, som han själv beskriver det, gått sin levnads rund. Från fattig pojke till en av landets rikaste män, till fattigdom igen.

"Ensam var jag i livet, ensam vill jag gå bort", uppmanar han sina barn. Och Signe skriver: "Stackars pappa! Det är en stor eld som nu håller på att slockna. Han är dock en undantagsman, en övermänniska som få. Begåvad som få, stark som få och nu övergiven som få."

När telefonen ringer mitt i natten tar hon en taxi ut

till Djursholm där Ernest bor i övervåningen i en villa. Det är mörker och snöfall och hon skakar paraplyet när hon står under taket vid entrédörren och ringer på. En äldre kvinna i vitt förkläde släpper in henne och hjälper henne av med hatt, kappa och pampuscher, innan hon mödosamt går uppför den långa branta trappan till övervåningen där Ernest har sitt sovrum. Han slumrar med en uppslagen bok på bröstet. Läslampan är tänd och det starka ljuset faller över hans ansikte.

– Min kära pappa, mumlar hon och sjunker ner på en stol bredvid sängen. Han vänder sig mot henne och skägget skrapar mot överlakanet. De ser på varandra, tyst och länge. Så småningom börjar Ernest prata. Han talar och talar dag och natt, och kan trots starka sömnmedel inte hejda sig. Hela hans liv drar förbi. På fjärde dygnet somnar han in. Signe tar farväl med hans orkeslösa gammelmanshand i sin.

Ernest Thiel dör den 6 januari 1947. Han regisserade själv sin begravning: Inga tal, ingen sång, ingen musik, ingen präst, inga blommor, inget följe. Hans aska placeras under en skulptur av Auguste Rodin. *L'ombre*, heter den. Skuggan. Detalj från ”Helvetesporten”, en av tre figurer som kröner den stora reliefen. Högra handen saknas. Den störde helheten och rytmen.

Gift

”LIKSOM ALLT ÄR rörelse, är också äktenskapet rörelse. Du kan aldrig säga: Så här är mitt äktenskap, utan bara, så här är det denna dag, denna timme. Hur det är i morgon vet du inte. Att det då är mer eller mindre förändrat torde emellertid vara säkert.”

Signe, odaterat på en lös lapp.

VÄNTANS TID. EN dimmig dag som innesluten i ett moln sakta driver mot en annan dag som hon vet ska komma, som hon är säker på ska komma, men inte när. Inte heller vet hon vad denna andra dag kommer att erbjuda henne. Hon befinner sig i det som varit och skönjer ett futurum. Som när vintern övergår i vår.

Signe har ännu inte träffat Folke, pingsten 1908 har inte infallit, och inte heller älskogsnatten, den allra första. Signe är ensam med lille Ulf, en onsdag som är den eftermiddag i veckan då barnjungfrun har ledigt. När pojken sover middag sätter hon sig vid den djupa fönsternischen och tittar ut. Luften dryper av fukt och pilträdets svarta stam kryper ut från stranden, en slipprig drake som hasar i gröngrumligt vatten mot Aga-fyrens stenfundament ett stycke ut. Gasljuset väser och blinkar, det är den första fyren i sitt slag som rests vid inloppet till stan.

April 1908. Olov har flyttat och skilsmässoansökan är inlämnad. Signe bor kvar i Sjötullen vid Blockhusudden. Tills vidare. Inte länge till. Väntar på något som ska förändra hennes tillvaro. Hon har ännu inte träffat Folke. Fyrtionio dagar ska förflyta, ska sega sig fram, lite ljusare för varje dag och varmare. Och så plötsligt ...

Hon blir förälskad. Faller reservationslöst för Folke som fullkomligt tillber henne.

Bland hennes papper hittar jag ett odaterat brev till Ellen Key.

”Kära fröken!

Nu har vi inte hört av varandra på mycket, mycket länge och jag skriver på måfå till Eder gamla adress. Många stora förändringar har inträffat sedan jag såg Er sist och njöt av Er älskvärdhet i Edert gästfria hem.

Jag är glad att kunna omtala att jag sedan snart ett år är skiljd från Olov. Vårt äktenskap var särskilt de sista två åren mycket olyckligt och jag är så nöjd, att vi fick gå åt var sitt håll, i synnerhet som jag fick behålla min präktige lille gosse hos mig. Han är nu två år och så söt. Ja, kära fröken, jag har ännu en stor lycka att berätta för Er. I mars eller april skall jag gifta om mig med en ung läkare. Jag är mycket lycklig, hela livet är solsken ...”

Sommaren 1908 tar Signe emot sjutton kärleksbrev från Folke som han skriver från Spetsbergen.

"Tänk att vi är unga människor, du! Känner du hur det brusar i kroppen när man säger så?"

Ur Folkes dagbok den 10 juli 1908.

FRÅN BÖRJAN ÄR dagboken Folkes. "Från min 25-årsdag" står det på första sidan, men sedan tar Signe över den. Tillsammans läser de alla kärleksord, alla tvivel och alla mardrömmar. De gråter hos varandra. Ingenting mellan dem ska vara hemligt.

De första femton sidorna har Folke skrivit, en ung doktorand som brottas med tentor och svårmod i sitt ensliga studentrum. Han har länge beundrat Signe på avstånd och sett henne gifta sig med Olov, föda barn och lyckligtvis också skilja sig. Våren 1908 lyckas han med det absolut omöjliga; att få till stånd ett möte med Den Ouppnåeliga på tu man hand. "Vad gör det mig om allt var konst, om det hela gick i falsett. Vad det kändes gott att stå inför en av sina avgudar och att få tillbedja madonnan och barnet", skriver han och utropar: "Excelsior!" Men bara en kort tid därefter ger han sig av till Spetsbergen på en vetenskaplig expedition.

Folke och Signe hade träffats pingsten före hans avresa, hon en erfaren kvinna och han en 26-årig oskuld med högtravande föreställningar om kärleken som en skål bräddfull med vin, där vinet, hans kärlek, inte får spillas ut eller befläckas eller drickas av någon ovärdig. När hon natten mellan pingstafton och pingstdagen uppenbarar sig naken och glödhet vet han genast att hon är den rätta.

Vid midsommar 1908 går han ombord på den gamla kanonbåten Svensksund som fartygsläkare. Den vetenskapliga expeditionen som han före mötet med Signe betraktat som sitt livs äventyr, framstår nu utan lockelse och redan innan han går uppför landgången, skriver han ett första brev till henne. ”Innan vi skiljs åt måste jag be dig att läsa detta en gång, två gånger, om och om igen. Jag har aldrig skrivit ett sådant brev, varje ord med mitt blod.” Han är förälskad och besatt. Känslor som länge legat i träda översköljer allt vad han tidigare erfarit. Brevets kraftfulla handstil är bitvis nästan oläslig för hans bröst spränger av åtrå och handen skakar. ”Vad har du lagt i vinet så att det blivit så tungt? Min kraft vill svika mig.”

Signe blir som tokig när hon mottar brevet, hon springer, hoppar och skrattar och vet inte vad hon ska ta sig till med sin fröjd. ”Nu vet jag äntligen och för första gången vad det är att älska. Jag är en fånge som ut ur mörkret plötsligt kommit ut i ljuset. Du blev undret, du blev undret i mitt liv. I världens skönaste och mest älskade trädgård har du givit mig den dag och den natt, vilken löst alla gåtor åt mig. Idag har du rest. Jag vågar icke tro det, jag känner din hand mot mitt hjärta.”

Men ju längre bort fartyget styr, desto sällsyntare blir Folkes brev. Signe sitter hemma lutad över dagboken och följer rapporter om expeditionen i dagstidningarna. När hon ser en notis om att Svensksund grundstött, störtar hon iväg till Allmänna telefonen, utom sig av oro.

Folke vaknar av att båten plötsligt stannar med en mjuk stöt. Halvt i sömnen tror han att de redan lagt till vid Tromsö men det visar sig att båten grundstött, ett missöde som kostar dyrbara expeditionsdagar. I övrigt är det ingen som helst fara för vädret är stilla och farleden smal. Fartyget ligger fastkilat i en sandbank och lutar betydligt åt styrbord, men eftersom han har sin hytt åt samma sida går det ingen nöd på honom. Han sover bra på nätterna, ligger ömsom på sängen, ömsom på väggen, medan det är värre för dem som har hytter babords. De rullar ur sina britsar ner i vinkeln mellan golvet och väggen på den motsatta sidan, och värst är det när de ska äta. Allt ramlar över ända.

Båten har olyckligtvis gått på grund vid högvatten och vid ebb lägger den sig med svår slagsida och läget försämras ytterligare när en turistångare passerar och drar upp stora svallvågor. Slagsidan ökar till 32 grader och ventilen i hans hytt sjunker djupt under vattenytan och liknar nu ett naturligt akvarium. Han ser smaragdgrönt vatten med brunviolett skog av svajande alger i underbara former. Botten syns helt nära, bara två, tre meter ner, gulvit och full av musselskal och hela hjordar av stora violettgrönskiftande sjöborrar. Han blir euforisk inför synen. Det fördoldas ljuvliga rike som plötsligt uppenbarar sig genom hålet genomströmmar hans väsen. Under de fyra dygn som förflyter innan bogserbåten från Tromsö lyckas dra skutan flott, sitter han som förhäxad vid ventilen.

”Jag älskar dig oändligt, gränslöst ...” Varje dag under den mer än två månader långa resan till Spetsbergen skriver han till Signe. Breven samlas på hög i hans kabyss och avsänds från det fåtal platser där det finns postgång. Men det tar lång tid innan de kommer fram. Signe våndas, längtar, väntar ... ”Ack, om jag finge brev snart.”

Tiden går, juni blir juli och hallonen mognar. Signe vankar omkring som en annan Penelope och avvisar lystna hjärtan. En av dessa friare är Nietzsches kusin, en herr Oehler som bor hos Ernest under några sommarveckor. Han bjuder ut henne på Hasseludden och Djurgårdsbrunns värdshus, eller tittar bara över för en flirt i Signes berså. Det är välkomna avbrott i långtråkig väntan, säkert iscensatta av Ernest som hoppas på ett parti.

”När man som jag av naturen blivit formad och färgad för kärlek, är det en förlösning att fritt få hängiva sig åt den”, skriver Signe i dagboken. Hon börjar vackla, Ernests plan är på väg att lyckas och Signe ”tränar på nästa akt i detta växlande och väldiga drama som uppstår inför mina ögon”.

När hon i mitten av augusti läser om Svensksunds färd i tidningen utan att själv ha fått något brev från Folke, blir plötsligt Oehler totalt ointressant. Hon tål honom inte längre. "Ack, ack, det är likgiltigt om man älskar lyckligt eller olyckligt, huvudsaken är att man kan älska." Nästa dag packar Oehler sin koffert och återvänder till Tyskland.

"Trött, plågad, otålig! Har behov av ensamhet, av att få vara ifred", skriver hon i dagboken den 24 augusti. "Tidigt i gryningen låg jag vaken och njöt då en kort stund av att vara allena. Försöker analysera huru det tillgått att jag gick till Folke. Fick då klart för mig att mitt undermedvetna och fördolda jag, blivit hans långt innan mitt medvetna och övertygande jag. Det blev en kort och hård strid mellan min kloka, sunda instinkt och mitt okloka, osunda förstånd – mellan min begripande natur och min dödsdömda förkonstling."

Så kommer äntligen livstecken från en lika orolig Folke. "Tänk på att du ej tillhör dig själv längre", står det i brevet som Signe sprättar upp med skälvande händer. Folke har inte hört ifrån henne på flera veckor och berättar hur han lämnar sin trygga hytt på Svensksund utom sig av oro och beger sig rakt ut i det okända polarlandet för att återkomma först efter flera dygn. "Jag frös skamligt, hungrade, vakade, tvättade mig i glaciärbäckar o.s.v. och när jag återkom i natt i dimma och regn, fick jag dina kära brev. Himlen vare lovad!" Han beskriver inte sin ångest mer än så, utan skickar henne i stället en vallmo som han plockat på en brant bland snö och is. Den är HON, Spetsbergens enda blomma.

Expeditionens vetenskapliga mål är Isfjorden med alla sina mindre vikar. Man djuplodar och undersöker geologiska förhållanden och delar upp sig i mindre båtar, en ångkarbass och en stor låringsbåt med motor. Runt norrmännens trankokerier i fjorden flyter döda valar som pumpats upp med luft i buken för att kunna bogseras. Folke ställer sig på en val som liknar en jättestor buktig gummisula, skrovlig med veck, åsar och med otaliga parasiter och Signe undrar i ett brev om han drar nytta av expeditionens vetenskapliga exkursioner. ”Ej så mycken nytta”, skrattar han och tar sig ett dopp i ishavet. Vattnet är salt och underkylt och Folke står naken och betraktar sin långa skugga i solljus som inte förmår värma. Tundrans mylla är egendomligt fri från doft och vid hans fötter blommar hjortronbestånd som aldrig sätter frukt. Under dessa otillgängliga och nästan sterila betingelser når livet sin yttersta utpost och höjdpunkt. Folke tycker att han vistas i ett Nordiskt Arkadien med gnistrande ljus bakom mörka klippspetsar och fjällbjörk som liknar olivträd. Polarlandskapets skönhet förstärker kärlekskänslornas intensitet. Solen rullar som ett eldklot längs fartygets reling dag som natt, och så brinner också hans inre. Han testar var kroppens och tillvarons gränser går och kastar sig vildsint utför glaciärer och rutschar hundratals meter i svindlande fart för att sedan vackla mörbultad till sin hytt. När vinden ökar till orkan och vågorna vräker över Svensksund, står Folke på kommandobryggan. På babords sida kalvar ett glasgrönt isberg. Det spricker, rullar runt och kastar upp kaskader av vatten. Saltfradgan skummar medan båten pressar sig snett mot vinden mot en töcknig blåviolett kust, men efter ett par timmars gång i hög sjö avtar blåsten.

De är på väg hem. Vid Nordkap uppstår en förändring och det är inte bara vinden som mojnat. Folke känner en vittring av tång. Det är havet som plötsligt doftar. Fartyget närmar sig Golfströmmen, det ångar och luktar och han drar in djupa andetag genom näsan. En sensationell förnimmelse.

Svensksund styr söderut och solen sjunker allt djupare mot horisonten. Det blir gryning och skymning och fjällens och fjordarnas färger växlar. Man lämnar den ständiga dagen och den fjärde september ankrar fartyget i Narvik. Spetsbergsexpeditionen är avslutad och deltagarna fortsätter hemåt "i den välsignade natten", först med malmtåget till Kiruna och sedan vidare mot Stockholm.

Är verkligen Folke den rätte? Signes längtan förbyts i mardrömmar där Folke möter henne iskallt och främmande vid hemkomsten från Spetsbergen. "Måtte mina drömmar ingenting betyda. Mitt liv är våldsamt. Inom mig rasar de vildaste konflikter. Jag vill och vill, men många gånger min viljas motsats."

I början av september får Signe ett telegram att Folke anländer till Stockholms Central påföljande dag kl. 11.00. Hon räknar timmarna ... "O, afton före morgondag!"

I den ena jackfickan har han ett hermelinskinn till Signe, i den andra ett brev med små musslor som han uppmanar henne att kyssa. I hans koffert ligger också en sälhjärna, tyvärr något skottskadad.

Ett halvt år senare, den 22 februari 1909. Folke har återtagit dagboken från Signe, den som han fick i tjugofemårspresent med röda pärmar och guldsnitt. Tre år har gått och boken är fulltecknad. På sista sidan har Folke skrivit med kärnfull handstil: ”Det är en annan värld jag lever i nu än förr, mycket större, färgrikare och farligare, ja, även farligare. Snart skall bröllopet stånda.” Han har sagt upp sin studentlya och packar en flyttlår med sina få tillhörigheter, däribland dagboken omknuten med ett papperssnöre.

En månad senare gifter sig Signe och Folke. Den äldsta dottern får namnet Gerda, efter Folkes mor, och sedan kommer Lars, Anders, Helga och Astri.

Anders är min pappa och med något litet undantag är han den ende i syskonskaran som får en plats i den här berättelsen.

SIGNE ÄR TJUGOTRE år och på väg in i sitt andra äktenskap. Blåstrumporna är undanlagda, liksom planerna på ett yrkesliv. Det blir varken studier vid Sorbonne eller i London som hennes lärare föreslår, i stället fortsätter hon den traditionellt kvinnliga, redan påbörjade vägen som maka och mor.

Signe har gjort ett högst medvetet val. Hon har lyssnat till Ellen Key och vill både bli den samhällsmoder och den moderliga mor som Ellen Key hyllar. Signe har assisterat henne vid föredragsturnéer om boken *Barnets århundrade* och kan den säkert utantill efter veckors lyssnande i kulissen. I en tid då barnuppfostran så ofta är liktydig med lydnad, tvång och stryk, målar Ellen Key upp det milda, ljusa hemmet med kvinnan som dess skapare. Varje hem borde ha en öppen eldstad för sagostundernas och trevnadens skull. Utan den mister ”vårt folk mer poesi och skönhet än om tre fjärdedelar av alla våra skalders och målares verk ginge upp i rök”, menar hon. Respekt för barnets lek och fria växt skapar en ny människa, och *det* är ett sätt att på djupet förändra samhället, menar Ellen Key vars uppfattning Signe gör till sin.

Jag hittar den moderligheten förevigad i en mörkröd papp-ask. *Blasieholmstorg 10*, står det utanpå med Folkes slängiga handstil. Vid det numera kullerstensbelagda lilla torget, ligger Signes och Folkes första gemensamma våning med Strindberg på daglig morgonpromenad nedanför fönstren. I asken finns en hel bunt fotonegativ på glas, stora som halva pappersark. Jag vickar på dem i ett försök att se dem rättvända, en serie bilder som föreställer Signe med ett nyfött barn. Hon sitter i sängen, klädd i spets och volanger och har barnet på armen. Flertalet negativ är underexponerade, nästan genomskinliga och svagt tecknade som om verkligheten bara snuddat vid glaset och inte haft tid att stanna, eller som ett ögonblicks förnimmelse av lycka. Det är de överblivna bilderna jag har i handen som aldrig kastades när de bästa plockats ut.

"Stackars lilla barn, förlåt att jag skaffade dig till världen. Måtte du aldrig behöva sörja över att du blev till", skriver Folke i dagboken när hans första dotter föds i december 1909. Han är rörd till tårar, allt är så stort, obegripligt och alldeles överväldigande. Han ber en fotograf komma för att föreviga händelsen.

Min pappa Anders föds 1914 som nummer fyra i syskonskaran, utan vare sig fotograf eller dagboksanteckningar. Den familjelycka som de gamla fotona i den mörkröda pappasken utstrålar, har dämpats och blivit vardag. Mycket har förändrats både i det lilla livet och i det stora. I Sarajevo faller skotten och första världskriget bryter ut. Familjen växer och hushållskassan krymper i takt med Ernests allt tunnare plånbok.

Familjen flyttar in i ett gammalt trähus på Djurgården med torrdass på vinden, gistna trägolv, vinda trappor och vardagsrummet fyllt med böcker från golv till tak. Rosenvik heter det, ett hus som gjort för sagor, barnsliga upptåg och hemliga lekar på kattvindar och takutsprång. Syskonen växer upp i ett gästfritt hem med intresserade föräldrar och många släktingar. Ett storslaget barndomsprojekt i Ellen Keys anda.

Så småningom glider Signe och Folke isär. Drag hos den andre som från början var okända och spännande att utforska, blir med tiden allt svårare att leva med. Signe grubblar över sig själv, över den unga Signe som hon nu kan betrakta med några års distans. Hur kunde hon, en blodfull ung kvinna som satte kärleken så högt, bli förälskad i en man med en så förvrängd kvinnosyn, som den Folke ger uttryck för. Vad såg hon hos honom egentligen? Visst, han hade en drastisk humor både i tal och åtbörder, var bildad, vetgirig och ofta häpnadsväckande rakt på sak. Men redan från början ringde varningsklockor inför ett kyligt drag hos Folke.

När hon tar fram sina gamla dagböcker och läser drömmar som hon skrivit ner genom åren, slår det henne hur ofta hon sett Folke så motsägelsefull. I drömmen syns han med janusansikte, ibland som två gestalter i en.

Det är ingen tillfällighet att Signe skriver ner sina drömmar för att undersöka vad de symboliserar. Drömmen är förbindelsen med det omedvetnas djup, psykologin är som vetenskap ung och omstridd, och i Stockholm är själsläkaren Poul Bjerre det stora namnet. Hon läser alla hans böcker, intresserar sig för hans teorier om själens helhetsliv, och lär känna honom personligen. Med åren blir Poul Bjerre och hans styvdotter Amelie Posse några av Signes närmaste vänner.

Själ och kropp. För Signe psykets hemligheter, för Folke kroppens sjukdomar. Som professor i patologisk anatomi tillbringar han den mesta av sin tid i Karolinskas obduktionssalar, känd som skicklig kliniker. ”Man måste veta för att kunna se”, är ett Goethecitat som han ständigt upprepar inför sina studenter, vilket säkert är sant vid obduktioner, men knappast vad gäller människans psyke.

Folke ser sig själv som renässansmänniska, allmänbildad och intresserad av konst och arkitektur vid sidan om medicin och naturvetenskap. Det sägs att han obducerade tiotusen kroppar under sitt yrkesverksamma liv. Hur påverkar det en människa att ständigt vistas i dödens kyla?

Signes sökande i litteraturens och konstens världar har andra kvaliteter. Det är den levande människan och hennes inre mysterier som upptar Signe.

Familjeliv. En tid av byggande. En syskonskara skapas, ett hem byggs upp och ett äktenskap förändras. Folke kommer hem allt senare om kvällarna och Signe kommer att föda ytterligare två barn.

ANDERS ÄR LITEN, kanske åtta, när han får följa med pappa till Institutet. En gråljus söndag med virvlande höstlöv och regn, en särskild barndomsdag. De passerar Skansen och pappa går med långa kliv medan pojken småspringer bredvid. Trottoaren är sandigt sörjig, sommarsäsongen är slut och Djurgårdsslätten folktom. Anders spanar efter italienaren med apan på axeln som är klädd i en grön stickad väst, men varken apan eller ballongförsäljarna syns till. Han håller i pappas högra pekfinger och i den andra handen bär pappa sin portfölj med ett smörgåspaket. Just detta vet han. Vid Djurgårdsbron ser de tvåans spårvagn skramla nerför Narvavägen och börjar springa, hinner fram till hållplatsen i tid och stiger upp på den bakre plattformen. Vagnen kränger och pappa tar tag i en läderstropp från taket och sätter sig sedan med väskan i knät. Anders är hungrig och pappa öppnar portföljen och pojken följer hans handrörelser. Pappa tar fram en leksakshäst och låter den galoppera på träbänken där de sitter, och sedan hoppa upp på en medresenär. Ptrooo, gnäggar pappa när hästen stannar på en dams hatt. Anders dyker in under pappas rockslag och gömmer sitt ansikte.

Spårvagnen vaggar längs Strandvägen, passerar Kungsträdgården, väntar vid Tegelbackens järnvägsbommar och rullar över bron till Kungsholmen. Vid Stadshuset hoppar de av på blankvåt gatsten och följer ett smidesstaket längs Hantverkargatan. De går in genom grinden till Karolinska Institutets park. Pappa stoppar leksakshästen i fickan. Anders kliver försiktigt, vill inte förstöra de söndagskrattade grusgångarna. En bris från Riddarfjärden får de höga trädens bladverk att rassla. De går mellan klippta häckar och stannar vid en ring med bronsbyster på höga stensocklar. Pappa visar och pekar. Alfred Nobel, Berzelius, Anders Retzius ... Men pojken lyssnar inte, han tittar på en låg byggnad längre bort med skylten *Stadens Bårhus. Öppet söckendagar nio till tio.*

– Retzius undersökte dödskallar och delade in folk i långskallar och kortskallar och blev världsberömd, fortsätter pappa.

– Finns döskallarna i bårhuset?

– Dom brann upp. Nästan alla förstördes i en eldsvåda.

– Vad är vi för skallar, då?

– Jag är långskalle, skrattar pappa. Dom har ljust hår och blå ögon.

Anders fingrar och stryker över sitt mörklockiga hår när pappa inte ser. Han känner ett runt huvud med två bulor i bakhuvudet. Alldeles runt förutom bulorna. Varken långt eller kort. Han stoppar händerna i byxfickorna och försöker låta bli att känna på huvudet. Frågar inte.

– God middag, Wenus, grymtar pappa till vaktmästaren som håller upp dörren till den patologiska institutionen.

Anders hälsar inte, tittar inte upp. Han vågar inte för han har hört vad vaktmästare Wenus har för sig om nätterna. Han ställer ner döingar i Riddarfjärden och låter fiskarna gnaga bort köttet. Sen fiskar han upp skeletten och säljer dem till skolor och sånt. Ortoceratiter, pekar pappa när de går uppför stentrapporna. Fossilerna liknar strutar, långa smala godisstrutar och det kurrar i Anders mage. Karameller och smörgåsar och prickig korv och mjukost. Han är hungrigare nu än nyss.

I pappas rum står ett skrivbord med två stolar, en på varje sida om bordet, bokhyllor, skåp, ett högt rullbord med mikroskop, en arbetsbänk belamrad med kokplatta, kastrull, några koppar, en kinesisk tekanna samt en rätt stor glasburk innehållande en grå klump i en vätska. *Sälhjärna, Spetsbergen 1908*, läser Anders på etiketten. Där finns också en skokartong med fågelägg, ett herbarium samt en låda med kranier från en katt, en kanin, en näbbmus och en gädda som han ännu inte upptäckt och troligen inte kommer att få leka med. Ett dammigt fönster sitter högt på väggen nära taket och en lika dammig krukväxt med stora blad står på golvet nedanför. Pappa hänger upp sin rock och hatt och lägger pojkens jacka över elementet innan han drar på sig sin vita läkarrock. Han sätter sig i stolen med armstöd och tänder skrivbordslampan. Anders kryper upp på pinnstolen mittemot och ser hur pappa öppnar portföljen och stoppar ner smörgåspaketet i sin skrivbordslåda. Ett litet dockhuvud hänger i sitt långa svarta hår ovanför skrivbordet. Pappa skjuter igen skrivbordslådan med en smäll.

– Ett indianhuvud, säger pappa, ingen docka, ett förkrympt indianhuvud. Anders nickar. Huvudet blundar med täta ögonfransar. Han försöker att inte titta på det, men hans ögon dras dit.

– Jag måste jobba lite, säger pappa och skruvar av hatten på sin reservoarpenna. Gå runt och titta så länge!

Anders hasar ner från stolen, sliter blicken från indianen och öppnar ut mot korridoren. Ett vinddrag tar tag i dörren som far igen bakom honom. Han huttrar och trycker sig mot ett värmeelement. Därifrån ser han längs hela den långa stenlagda gången ända bort till trapphallen med de höga valven och balustraden. Solstrimmorna som faller in genom fönstren liknar självlysande spjut av dansande dammkorn. Han räknar. Tolv stycken. Han springer så fort han kan längs korridoren och sedan tillbaka. Nästa gång utan att trampa på skarvarna mellan kalkstensplattorna. Övertramp sju gånger. Han är varmare nu. Och hungrigare. En bit bort står höga skåp med glasdörrar. De innehåller likadana glasburkar som den med sälhjärnan i pappas arbetsrum, en del är små och andra höga och i alla simmar klumpar av olika form och färg. Han läser på etiketterna *Supares skrumpnjure* och *Supares skrumplever* och fortsätter med etiketterna på de nedre hyllornas glasburkar. *P. A. Siljeström, pedagog död 1892, Per Hasselberg, skulptör, död 1894. Hugo Gyldén, astronom* … bara farbröder.

– Står du här och tittar på genierna?

Anders rycker till. Han har inte märkt att pappa närmat sig.

– Nej pappa, bara på hjärnorna.

– Det är i hjärnan som geniet sitter.

Anders trycker ansiktet mot skåpets glasdörr, följer veck och vindlingar med blicken och letar.

– Jag ser inga.

– Man måste titta i mikroskop.

– Hur ser dom ut?

– Det är ingen som vet.

– Jamen, då finns dom väl inte.

– Du har rätt, svarar pappa. Man måste veta för att kunna se.

Tillbaka i arbetsrummet sätter de sig som nyss på varsin sida om bordet. Indianen hänger mellan dem med ett band runt håret och en smutsig fjäder. Det lilla huvudet knappt så stort som en knytnäve svänger fram och tillbaka. Pappa drar ut skrivbordslådan, tar fram smörgåspaketet och vecklar av papperet på två dubbelmackor och räcker den ena till Anders.

– Den som hittar geniets källa i hjärnan kommer att göra mänsklighetens största och viktigaste upptäckt.

Anders nickar men lyssnar inte längre. Hans blick har fastnat på indianen. Det känns som om den tittar på honom.

I BERLIN FÖDS Signe på nytt, blir ung igen, lever upp. Hon genomsköljs av samma känsla som innan hon gifte sig, möter gamla vänner och tycker sig andas syrerikt där tobaksröken ligger tät. Varje morgon vaknar hon utsövd, alla nattliga diskussioner till trots.

Berlin 1922. Folke ångrar att han har bett Signe följa med till Cécile och Oskar Vogt. De är ju Folkes kolleger och samtalen kommer inte att intressera henne. Signe kan diskutera litteratur och konst men inte medicin, och definitivt inte patologi. När hon hörde att han visat lille Anders några missfoster som fanns i skåpen på patologen blev hon rasande. Hon påstod att pojken drömt mardrömmar om monster med hjärtan utanför kroppen och hjärnor som mössor ovanpå skallarna, ja, det var väl antagligen så de såg ut, de där förfärliga varelserna som Folke visat honom. Men han hade lugnat henne – gamla museiföremål från 1700-talet, kungliga blindtarmar och sånt där, och försiktigt påpekat att det kanske var Signe som saknade sinne för det bisarra i tillvaron.

Han känner sig stolt över inbjudan till Vogts som är några av Europas främsta hjärnforskare och det är en ära att få besöka deras hem. Cécile känner han inte, men han har hört att hon är framstående genetiker och neurolog. Fransyska. En av de första kvinnliga medicinstudenterna i Frankrike. Ingick i Pierre Maries forskarteam i sjukhuset La Salpêtrière i Paris. Hon måste ha träffat Freud, och deltagit i samma kurser till och med. Säkert hade både Oskar och Cécile besökt Charcots öppna tisdagsföreläsningar som drog folk från hela Europa. Inte bara medicinare utan också författare, Strindberg till exempel. La Salpêtrière ansågs ju vara den moderna neurologins vagga – som nu är på väg att övertas av Oskar och Cécile i Berlin.

Signe väljer en klänning med omsorg och snör in korsetten lite mer än hon brukar innan hon ringer ner till hotellreceptionen för att få hjälp med att sätta upp sitt hår. Hon slår sig ner på en stol och lägger fötterna högt medan hon väntar. Det måste bli droska till Vogts eftersom hon knappast kan gå så långt i högklackat.

Oskar Vogt. Det blir spännande att möta honom, en omtalad hypnotisör och känd upprorsmakare i forskarvärlden. Hon har läst om hans framsteg och förstått att samspelet mellan själen och hjärnan är huvudtema i hans forskning. Eftersom psykiska fenomen härleds ur hjärnan, borde de kunna återfinnas som motsvarande hjärnstrukturer.

Signe sträcker sig efter handspegeln på byrån, lägger kamkoftan över axlarna och studerar sitt ansikte. Inga ålderstecken att tala om, lite rynkor förstås, men med tanke på de sex barn hon fött ser hon fortfarande ganska ung ut.

Det gäller förstås att hitta de där strukturerna i hjärnan, och det är visst sådant som Oskar håller på med. Efter vad hon hört ska han ha funnit dem i hjärnbarken. Ett centrum för genier. Hon ställer sig upp och prövar de nyinköpta skorna i mjuk chevreaux, drar in magen och studerar sin gestalt i klädskåpets stora ovala spegel.

Hon måste fråga om det där med geniet stämmer. Det kanske är ett önsketänkande från folk som vill donera sina hjärnor till någon av alla de hjärnsamlingar som vuxit fram på senare år. Man låter särskilda kommissioner gallra så att det blir genierna och inga andra, som hedras med plats. Precis som man kan vänta sig sparas knappt en enda kvinnlig hjärna. Utom matematikern Sonja Kovalevskijs förstås, som ligger i en glasskål på Karolinska. Oskars forskning öppnar hisnande möjligheter. Det kommer att visa sig att kvinnliga genier är väl så frekventa som manliga.

Ytterligare en kram, ännu en kindpuss och så en till. Festen är över men paret Vogt och gästerna tycks inte kunna slita sig från varandra. Samtalen fortsätter med samma hetta över tröskeln och nedför trapporna och först när de står på trottoaren och hör porten slå igen, upptäcker de att himlen redan ljusnat i öster.

Signe och Folke sitter tysta i droskbilen på väg hem till hotellet, utmattade och upplivade på samma gång. Att Oskar och Cécile är ett välkänt par i radikala kretsar med Karl Kautsky och Clara Zetkin var tydligt, liksom att Oskar har Berlins alla bohemer och konstnärer som klienter i sin praktik på Magdeburgerstrasse. Middagen hade intagits under skratt och rappa ordväxlingar, Signe hade varit i sitt esse och samtalen rört sig om allt, från Versaillesfreden till de senaste angreppen på modernistisk konst. Hon hade ställt sig upp med ett glas skvimpande rödvin i handen, och manat till försvar för ”Entartete Kunst”, varpå Oskar genast hade instämt och skålat. Folke hade sjunkit ihop, just det där draget hos Signe var något han avskydde. Hon missade aldrig tillfället att manifestera sig som festens drottning. Han hade velat bryta upp tidigare men Signe kunde inte slita sig från de intressanta samtal hon förde med Oskar.

Signe lutar sig bakåt och blundar. Sedan det framkommit att Oskar är Berlins mest anlitade hypnotisör hade hon inte kunnat släppa tanken på att själv låta sig hypnotiseras. Folke hade påstått att hon var av det lättsuggestibla slaget eftersom hon genast fallit för Oskars befallande blick. Hon borde passa sig.

– Det går många historier om Vogts behandlingsmetoder, säger Folke plötsligt. Han hypnotiserar sig in under både damernas kjolar och i deras portmonnäer. Förtal förstås, men lite sanning ligger det väl i det.

Hon vevar ner bilfönstret och känner nattluften fläkta, den milda och sammetsmjuka luften mellan Kurfürstendamms honungsdoftande träd i lövsprickningen. Hypnosen är ett mikroskop för att se in i människans själ, hade Oskar förklarat för henne och föreslagit en vistelse på fashionabla Alexanderbad, en kurort i södra Tyskland. Han brukade tjänstgöra som kurortsläkare där och hade erbjudit Signe en behandling med hypnos. Naturligtvis hade hon lockats av hans erbjudande som skulle kunna ordnas redan i sommar.

– Oskar finansierar sitt neurologisk-psykiatriska centrum med pengar han förtjänar på lyxkurorter, berättar Folke. Ett listigt sätt att få inflytelserika patienter. Kruppfamiljen till exempel, Tysklands rikaste. Nu behandlar han visst både Gustav Krupp von Bohlen och hans fru, och räknar därmed att ha finansieringen av sin nya praktik ordnad.

Det är som om Folke läser hennes tankar. Bara misstanken om att det var Ernests förmögenhet som Oskar hade i sikte när han erbjöd henne behandling i Alexanderbad, får Signes hela inre i gungning. Hon grips av en vrede som gör henne illamående. Den där Oskar Vogt är slug och beräknande. En iskall och hänsynslös typ. När droskan stannar utanför hotellet stiger Folke visslande ur bilen och erbjuder henne armen. Han satte in en stöt och lyckades.

Nästa dag ses de på en lunch på Kempinski. Allt är nu glömt. Signe blir återigen hänförd av Oskar och Folke något mer svartsjuk än under gårdagskvällen. Den 29 april 1922 skriver hon i dagboken: ”Folke stygg hela dagen, håller ej av mig längre tyvärr.”

FREDAGEN DEN 16 mars 1923 tar Salomon Henschen emot ett telefonsamtal från Kreml. Salomon är internationellt känd hjärnforskare och man önskar hans närvaro vid Lenins sjukbädd i Moskva. Han får en kvart för att bestämma sig. Salomon är gammal. Han har svårt att gå och hör illa, men med sonen Folke som stöd och hjälp kan han resa. Så blir det också.

Lenin ligger i koma efter slaganfall. Lider han av hjärnsyfilis, har han förgiftats – spekulationerna är många och en politiskt het fråga. Salomon är en av nio europeiska läkare som inkallats för att ställa rätt diagnos, kanske för att lugna världen eller åtminstone politbyrån.

Signe sitter vid toalettbordet och borstar sitt långa hår när Folke kommer inspringande och drar upp henne från stolen. Kan hon göra sig klar för avresa nästa morgon.

– Följer du med, Signe?

Hon förstummas av frågan. Dröjer med svaret. *Vill du träffa Oskar* – det är så hon avlyssnar hans fråga. *Återse Oskar.* Plötsligt gör tillvaron en volt. Nyss studerade hon sina grå hårstrån framför spegeln, nu öppnas himlen och stjärnregn sprakar. Hon blundar, andas djupt, böjer huvudet och låter håret falla som en gardin framför ansiktet, borstar hårmanen med jämna tag, borstar bort sin upprördhet, lugnar sinnet och borstar håret blankt.

– Ja, svarar hon.

Ett plomberat hänglås. Det är sådant som far genom hennes huvud när resan till Sovjet kommer på tal. Ett hänglås plus en ståltråd vars ändar är förseglade med ett sigill. Som hon själv, slår det henne. Ingen kan smyga sig in och sedan ut igen utan att det syns. Är sigillet brutet vet man att någon varit där. Inte vem, men någon.

Hon återkallar minnet av deras möte i Berlin, och Oskars sällsamt glänsande ögon. Han såg på henne med genomlysta ögon som svart bärnsten och hon kände hans blick som brännmärken på huden. Hans ögon liknar Rasputins, tänkte hon, den ryske munken som med övernaturliga krafter sades ha förhäxat Sankt Petersburgs societet. Med sin demoniska blick hade han hypnotiserat både tsar och tsaritsa och inlett ett kärleksförhållande med Alexandra. Han var smart, Rasputin. Tänkte förstås själv ta makten. Det var vad man sa i alla fall.

Men Oskars blick var inte sådan. Inte demonisk som Rasputins och heller inte galen. Oskar hade mött henne med en genomträngande blick som inte vek undan, som lodade hennes dolda djup vilka hon knappt ens själv kände till, och som hon tillät honom att utforska. Vilka intressen har Ni, madame? hade han frågat då de första gången pratade med varandra. Konst och litteratur, ville hon svara, men fick inte orden över sina läppar, trots att han tilltalade henne på franska som hon till skillnad mot tyska talade flytande. De blev hembjudna till Oskar och Cécile flera gånger under den långvariga vistelsen i Berlin förra året. Relationen till Oskar fördjupades, men det var långt ifrån något avgörande steg mot ett liv tillsammans.

Folke, Signe och Salomon avreser med bara en dags varsel. De yngsta barnen flyttar till mormor Anna på Floragatan medan de äldre bor kvar på Rosenvik tillsammans med hushållerskan och storasystern Gerda som är lillmamma. Förberedelserna inför resan blir hektiska med bankbesök och papper som ska stämplas och skrivas under. Vinterrock och öronlappar till gamle Salomon anskaffas, och varsin lustät nattskjorta i råsiden sys upp, utan öppningar för händer och fötter. För säkerhets skull, man vet ju aldrig med löss i Ryssland.

Signe väljer att packa plagg som inte väcker uppseende, de vanliga promenadskorna, den mörkblå yllekappan, nöjer sig med muffen i bisam men lämnar pälshatten hemma. Hon letar i garderoben, lyfter fram och hänger tillbaka, enkelt och snyggt ska det vara, inget överdåd, god kvalitet men inte utmanande. Utom festklänningarna förstås. Bankett i Petrograd och galamiddag i Moskva är det sagt, alltså fritt fram för påfåglar och sidenbrokad. Hon öppnar smyckeskrinet och håller guldkedjan med kamén i handen, känner på tyngden och överväger. Sedan lägger hon tillbaka den och bestämmer sig för en enkel pärlcollier.

Morgonen blir hektisk och droskchauffören tillsagd

att raska på. Båten ska strax avgå från Skeppsbron och Signe kastar en orolig blick på sitt armbandsur. Hon öppnar handväskan för tredje gången och kontrollerar att hon lagt ner telegrammet från fru Kollontaj i Oslo med namn på kvinnor att kontakta samt det lilla fotot på Oskar. Sedan förhör hon sig med Folke om visum och biljetter och lutar sig lugnad tillbaka.

Ångvisslan och Tyskans klockklang. Handelsfartyget Hebe lägger ut från kaj, och färden över Östersjön påbörjas. Folke tar Salomon under armen och går in i salongen tillsammans med resemarskalken Aleksandrov medan Signe står kvar på akterdäck och ser dagen ljusna och en solstråle studsa mot Katarina kyrka för att sedan kasta sig över till Hedvig Eleonoras kupol som är likadan. Välkända blickfång glider förbi, hospitalet med koppargrönt tak, Finnboda varv och kvarnens röda tegelbyggnader och sedan Värmdölandets snötäckta bergskam. Fartyget fräser och frasar genom rännans nattgamla sörja och isflak dunsar mot skrovet. Signe står försjunken i tankar, drar ner hatten och fäller upp kragen som skydd mot vinden. Hon lyfter ansiktet mot solen, blundar i det starka ljuset och känner hur den kylslagna vinden får kinderna att rodna.

Kommer hon att träffa Oskar redan i Petrograd?

Salomon, Folke och Signe är Sovjetstatens officiella gäster. Från Helsingfors fortsätter resan med tåg i en reserverad salongsvagn klädd med gyllenlädertapet. En ny resemarskalk avlöser den tidigare och tåget stannar i Viborg för ett besök på slottet och far sedan vidare genom Karelska näset med mängder av förfallna ryssvillor. Gränsen går vid Systerbäck som är den finska gränsen mot Sovjetunionen, och Folke skriver i sin dagbok: ”Här kommer vi plötsligt utan någon övergång in i en ny kulturvärld. På ena sidan av det lilla vattendraget den prydliga finska järnvägsstationen med dess rena blåvita flagga och kyliga, korrekta betjäning och publik, på den andra en illa hållen järnvägsstation med en smutsig röd flaggduk, enkelt och slarvigt klädda tjänstemän, vänliga orakade ansikten och skratt. Var annars finner man en så knivskarp gräns mellan två världar?” Ju närmare de kommer Petrograd, desto mer spöklika syns spåren från kriget med väldiga taggtrådshinder och skogar där bara stubbar i olika längd står kvar.

Petrograds himmel speglar sig i vatten, i de tre breda flodarmarna och de smala koncentriskt anlagda kanalerna och de stora vattnen belägna väster och öster om staden, som vid storm kan sättas i rörelse så att fördämningar sprängs och bebyggelsen med sina bleka palats och bladguldförsedda kupoler översvämmas. Det sägs att Petrograd badar i tårar och är pålad i dy med människoben, och lägger man örat mot gatubeläggningen hörs rosslingar och stönanden ur stadens inre. En elak lukt väller fram, en av smittor och hunger mättad andedräkt pyser ur källare, stiger ur brunnar och sipprar genom sprickor i sårade fasader, en dräpande pust som halverat befolkningen sedan krigsutbrottet. Nu, våren 1923, behärskas staden av trettiotusen föräldralösa vilda barn.

De stryker omkring som hundar och jagar rov.

I fashionabla Grand Hotel Europe samlas människor av alla slag, affärsfolk mest. Signe kliver upp ett par trappsteg på den breda marmortrappan, stannar, och ser ut över trängseln i hotellets foajé. Hon låter blicken glida från person till person, letar efter en kortväxt man med brinnande blick – inte för att hon förväntar sig att se Oskar här i Petrograd, men drömmer ändå om ett möte. Hon vaknar till när Folke tar henne under armen för att gå upp till rummet som de har tilldelats, en svit med sängar i valnöt, byrå med brännförgyllda beslag och eleganta gardinarrangemang. Över sängen hänger en mycket vacker 1600-talsmålning som föreställer Diana med en hund, ett vanligt motiv med den romerska jaktgudinnan, men hennes bröst är sönderskurna och både hundens och Dianas ögon bortskjutna. I dagboken skriver hon: ”Vi tas emot med en älskvärdhet utan like och man anstränger sig för att visa oss det bästa. Om vi råkar få se och höra en del annat också, beror det på att detta andra är så starkt att det inte kan undanskymmas.”

Jurij Ivanovitj heter han, guiden som är klädd i sliten uniformsjacka med röd halsduk. Han ska visa Signe staden medan Salomon och Folke är upptagna, och väntar med häst och vagn för att köra henne längs huvudgatan Nevskij Prospekt. Han hjälper henne upp i vagnen och brer en filt över hennes knän. Solen lyser på isbelagda kanaler och vagnen kränger på gatubeläggningens träkubb som delvis flutit bort vid översvämningar. Signe tar fram fru Kollontajs telegram ur handväskan, visar det för honom och pekar på ett av namnen, men han skakar bara på huvudet. En okänd person, en poet kanske ... Men när hon insisterar på att träffa denna okända person, viker han motvilligt av och fortsätter på bakgator, kör i snömodd genom en stad i tyst förstämning med kvarter i ruiner och upprivna gator, märkt av krig och brist på ved med nerhuggna träd i parkerna.

– Vi ska till en kommunalka, en gammal privatvåning som folket tagit över, förklarar Jurij Ivanovitj när kusken håller in hästen. Hans ovilja att visa en bostad på just den här adressen går inte att missta sig på. Det finns föredömliga kommunalkor som är den nya Sovjetstatens stolthet, förklarar han och gör sig beredd att fara vidare. Men då är Signe redan på väg ur vagnen.

De går av vid ett bostadshus vars ornerade fasad förfallit och där fönsterrutor saknas. En kommunalka, en Noaks ark i en drunknande stad, en förtvivlad plats för rik som fattig. Signe skakar på huvudet och lyfter kappan undan smuts och lera. Inte heller hissen visar sig fungera och de tar sig med svårighet uppför nedisade trappor, hala av utspillt vatten som burits upp i hinkar från pumpen på gården. Jurij Ivanovitj öppnar dörren till en lägenhet utan att knacka. En lukt av kokt kött och kål slår emot dem och en samovar och en slocknad järnkamin skymtar i skumrasket. Strimmor av ljus strilar in genom ett fönster som är lagat med trasor och en gammal madrass för att hålla kylan ute. Jurij Ivanovitj hämtar te från samovaren och Signe kramar teglaset för att värma sina händer medan kylan kryper in genom hennes skor.

– Vår förut så vackra stad ligger bombad och sönderskjuten i ruiner, utarmad på allt, mat, bostäder, kläder, skor ... Det vi nu bygger upp är en stad byggd på rättvisa. De rikas jättevåningar öppnas för vanligt fattigt folk, och för första gången i historien är det privata ägandet avskaffat, berättar Jurij Ivanovitj och smuttar på teet. Vi vill inte ha en härskande rik överklass som tvingar majoriteten av vårt folk att leva under de allra uslaste villkor.

Han slår ut med handen mot droppande barnkläder som hänger på ett klädstreck under taket. En ironisk gest eller en trosviss – vilketdera kan inte Signe avgöra.

– Vi befinner oss inte bara i ett hem, fortsätter han. Här lär man sig självstyre och att leva kollektivt. I de socialistiska kollektivhusen upphör kvinnans slaveri med hushållsarbete, barn och tvätt eftersom alla hjälps åt.

De går genom en korridor med dörrar in till de olika hyresgästernas rum, går genom en gammal patriciervåning med stuckatur i taket och trevar sig fram över upprivna hål i parketten där stavar använts som ved. Snö viner in genom trasiga fönsterrutor och samlas i hörnen. Jurij Ivanovitj sträcker ut en hand och leder hennes steg medan han visslar på en vemodig melodi som hon känner igen. Som tröst mot det lidande som huset andas, tänker Signe.

Han slår upp en dörr och hon bländas av dagsljuset. Ett vackert möblerat rum, en före detta matsal kanske, vars gardinförsedda fönster ovanligt nog är hela eller nästan hela. Hon kunde själv ha bott här, konstaterar Signe, och tar av sig hatt och handskar trots kylan och fönstrens frostrosor. Signe betraktar rummet. En orientalisk matta på golvet, en röd lampskärm, ett runt matsalsbord som gör rummet ombonat, och blomstermålningar som hänger omsorgsfullt arrangerade på en vägg. Det måste vara en kvinnas hem. Hon tittar frågande på Jurij Ivanovitj som rycker på axlarna, och går mot kaminen för att konstatera att det finns lite glöd kvar. Hon ser honom öppna ett glasat bokskåp och skönjer Bibeln och Dantes gudomliga komedi bland rader av franska band med kyrilliska bokstäver, och ser honom slänga några böcker i kaminen, ställa upp draget och stänga luckan.

Signe stirrar mållös. Vems böcker eldas upp? Vem bor här, hur kan det komma sig att hon plötsligt befinner sig i en främmande persons bostad och ser dennes böcker brinna?

– Rummet är utan hyresgäst, förklarar Jurij Ivanovitj. Hon bor inte längre här och man väntar en ny hyresgäst inom kort. Han tycks känna till vem som tidigare bodde här, och vet säkert också vad hon heter. En kvinnlig poet. Den som Aleksandra Kollontaj föreslog henne att besöka. Hon ser honom slå sig ner vid hennes övergivna skrivbord, sätta sig i hennes stol som vore den hans, tända hennes arbetslampa med grön skärm, dra ut skrivbordslådan och rota. Han får tag på ett papper med en dikt som han börjar deklamera på stapplande engelska: *He loved three things above all else, White peacocks, evensong, And faded maps of America ...*

– Skräp, fnyser han och knycklar ihop papperet,

borgerligt skräp hoptotat av en gammal kontrarevolutionär!

Signe tappar för ett ögonblick fattningen. Vad är det hon bevittnar, vad är det för en människa som talar så, som vågar smäda både dikten och poeten? Hon tar några steg mot dörren. Hon måste omedelbart härifrån och skyndar ut genom lägenheten och nerför de hala trapporna utan att falla, för att beordra kusken att genast skjutsa henne tillbaka till hotellet.

Väl inne i vagnen lutar sig Signe bakåt och sluter ögonen. Hon summerar sina intryck som är så fjärran från hennes eget liv. Det trevliga huset Rosenvik där hon bor med sin familj ... skulle det få finnas i en Sovjetstat? Hon har fått den oförtjänta lyckan av att inte vara ryska, har varken tvingats svälta eller frysa eller se sitt hem skjutas sönder till ruiner. På vägen hit såg hon en skymt av illa klädda barn som sov bland trasor och kartonger på en bakgård – att något sådant skulle kunna drabba hennes egna söner och döttrar kan hon inte ens tänka sig.

Allt det som Signe värdesätter skulle krossas om hon bodde här i Petrograd, inte bara världsliga ägodelar utan själva hennes hållning till livet, den fria stolta människans. Skulle hon bannlysas, skulle hon ens tillåtas leva? Är hennes eget välbefinnande viktigare än barnens på bakgården? Rosenvik som en kommunalka – hon ler åt den befängda tanken. I vilket rum skulle hon själv bo, i jungfrukammaren kanske, där dörren är så smal att man måste gå in sidledes som Anna, hennes hushållerska, brukar göra. Hon skulle tvingas bevittna hur främmande människor tappar hennes ärvda porslin i golvet eller trampar med stövlar på silkesmattan i förmaket eller slänger sig i de bräckliga 1700-talsstolarna eller eldar upp hennes böcker och kastar kniv på hennes konst. Ett Rosenvik som en anvisad plats för rik som fattig. Ett nödens kollektiv vill hon benämna det, som knappast har något med vare sig socialism eller kvinnans frigörelse att göra. Att låna ut sitt hus till dem som inget hem har, kan hon tänka sig … kanske, men bara under en begränsad tid och på villkor som hon själv dikterar.

Utan att hon märkt det är de framme. Kusken hjälper henne ner från vagnen och hon trycker några kopek i hans hand.

Redan i svängdörren till Grand Hotel Europe upptäcker hon Oskar. En kortväxt man i hatt och paletå står vänd mot receptionsdisken, nonchalant lutad mot sin käpp med silverkula.

EN BLICK I samförstånd och en viskning. Ett låtsat intresse för folkkommissariens tal som är inne på sin tredje kvart. *Petrograd är den avsatta huvudstaden i vårt jätterike,* säger han och slår ut en arm i riktning mot Moskva. *Äntligen är det slut på all lyx och kejserlig prakt som tsarerna lät kosta på sig medan stans befolkning svalt. Moskva är vår nya huvudstad medan Petrograd blir allt mindre. 1915 bodde 2,3 miljoner här, men efter kriget och revolutionen hade befolkningen sjunkit till bara 700 000. Det säger sig självt att en stad som undergått ett sådant öde lider av svåra sår ...* Det är sista kvällen i Petrograd och den internationella läkardelegationen är gäster på bankett, däribland Oskar och Signe. Nu reser de sig för att gå, Oskar först och strax därefter Signe.

En dryg timme har de på sig. De smiter iväg från den överdådiga banketten en stund före de andra gästerna, lämnar kaviaren och de stekta riporna arrangerade i pyramider på silverfat, den rökta stören från Ishavet, blomsterarrangemangen och fruktkorgarna, rönnbärsvodkan, vinerna från Kaukasus och buteljerna med utsökt armenisk konjak och lyckas lämna salen med talarens ord i sina öron, ... *att Sovjet har nu nått den utveckling och styrka, att vi kan fira en fest för vetenskapen där visserligen både adel och bourgeoisie saknas, ty de är hos er och vi beklagar inte deras frånvaro* ... Oskar och Signe tränger sig genom vimlet bort mot garderoben nästan säkra på att ha undkommit Folkes spanande blick.

Bankettsalens fönster lyser inbjudande i mörkret och syns långt bortifrån andra sidan floden. Hungriga människor samlas utanför byggnaden, försöker komma in eller åtminstone få se en glimt av vad som pågår därinne men ingången bevakas av vakter och ingen tillåts närma sig den höga stentrappan. Så öppnas porten. Sorl och skratt far ut som en eldkvast i mörkret och i ett moln av festens alla feta dofter går Signe och Oskar nerför trappan.

De blir stående på kajen nedanför. En blek måne blänker på den isbelagda floden och musiken inifrån bankettsalen når ända hit, fast svagt, knappt hörbar. Men Signe och Oskar uppfattar varken måne eller musik. Det som nyss var rusig uppsluppenhet har plötsligt blivit allvar. Händer törs inte nudda varandra, ord inte uttalas.

De märker inte de giriga ögonen som granskar deras gestalter och noterar varje detalj; en halsduk i mjuk alpacka, ytterplagg utan en enda saknad knapp, en handväska i krokodil buren av en liten handske, fyra skor sydda i äkta läder ...

Om ett par timmar ska nattåget avgå till Moskva och de promenerar i riktning mot hotellet, närmar sig bron över floden, ser ännu inte rånarna. De kanske vittrar faran för Oskar drar Signe intill sig. Hotel Europe kan inte ligga långt bort, viskar han. Inte en människa syns till. En underbefolkad stad, mumlar Oskar utan att höra ljudet från nakna fötter i snön. Överfallet sker snabbt och Signe hinner bara uppfatta några barn i trasiga kläder. Skorna, de försöker få av Signe hennes skor. De sliter i skosnören, knuffas och sparkar. Oskar samlar sig snabbt, ryter på ryska och höjer sin promenadkäpp. Lika plötsligt som barnen dykt upp, slukas de av mörkret och den allt ymnigare fallande snön, medan Signe tar upp sin handväska som ligger slängd i en snödriva.

”Den 20 mars vaknar jag på tåget fyra timmar före Moskva, tvättar mig i ett fordom mycket elegant, nu starkt nedsmutsat badrum, bjuds att få borsta tänderna med tsarens numera nötta tandborste med fint silverskaft, men avböjer under bockningar.” Det är Folke som beskriver resan till Moskva, hur de möts av en kirgisisk kommissarie i rödbrokig kopäls vid stationen och far med bil genom krokiga, än breda, än smala smutsiga gator och torg, myllrande av folk och överallt soldater, trashankar, kuskar, judar, demimonder, lärda, gatumånglare och barn i paltor. Innanför Kremls krenelerade murar vajar på en stor, enkel byggnad en röd fana sakta för vinden. Där ligger den sjuke Lenin.

Folkes Moskva är en exotisk och burlesk stad, en myllrande fresk. Han beskriver den internationella läkardelegationen som en samling kufar, underliga främmande typer som tycks höra hemma på en teaterscen snarare än i ett sjukrum. De inkvarteras i ett palats som tidigare tillhört en sockermagnat, med utsikt mot Kreml på andra sidan floden, umgås där och äter middag tillsammans. Då och då kallas de till Lenins sjukrum och blir borta hela dagen för undersökningar och överläggningar. Då tar Signe på sig en extra kofta under kappan och lämnar palatset, passerar gården med foror, hästar och slädar som kör in och ut lastade med antikviteter, undrar var allt detta kommer ifrån men ger upp sina frågor när ingen talar annat än ryska.

Hon promenerar mot Kreml, följer Moskvafloden ett stycke och går över bron mot Vasilijkatedralen med dess färgrika kupoler och vidare mot regeringsbyggnaderna. Silvergranarna liknar leksakssoldater i stram givakt, likt vakterna som bevakar den höga järngrinden. Hon tycker sig se en skymt av Lenins syster och hans hustru Krupskaja som kör in i täckt bil, klädda som vanligt bondfolk. Omaka porslin och lappat duktyg. Inte en tillstymmelse av den prakt som brukar förknippas med furstehus. Så ser det ut därinne har Folke berättat.

Signe har stämt möte med Oskar, men ser honom inte. Efter en stund börjar hon leta och spanar mellan murar och hus ... har hon misstagit sig? Blåsten pressar upp snö mot tillbommade kyrkor med guld- och silverkupoler. Kylan får andedräkten att ryka och hon drar upp halsduken som vitnar av frost, stoppar händerna långt in i muffen och stampar i marken för att hålla värmen. Hon väntar men Oskar kommer inte och den iskalla vinden sveper in under kappa och kjol.

Hon lämnar Kreml och fortsätter in mot stadens centrum, närmar sig ett varmbadhus och skyndar sig in, undan den bitande kylan. Hon betalar och blir anvisad ett bås där hon sjunker ner på en stol med ansiktet i händerna. Mitt liv, viskar hon, vad gör jag med mitt liv. Hon sitter länge så. Blundar. Klär långsamt av sig och sveper ett lakan runt kroppen. Släpp taget om det planerade och ta fatt i det som just nu uppfyller dig, mumlar hon. Gå dit tanken och känslan leder dig – eller ödet. Hon öppnar dörren till ett stort gemensamt tvättrum med låga stenbänkar och går in. Ett fönster under taket släpper in svagt ljus i den fuktmättade luften. Hon fyller en zinkbalja med vatten och låter det skölja över kroppen, tvättar sig, och tar emot något som liknar kaffesump att skrubba sig med från kvinnan bredvid. Plötsligt upptäcker hon att alla kvinnor bär huvudbonad. Vidbrättade filthattar, stickade toppluvor eller håret inneslutet i sjalar. Signe låter håret ringla i våta slingor över ryggen. Hon utmärker sig. Alla ser att hon är en främling och hjälper henne därför tillrätta. En ångvissla ljuder och kvinnorna ställer sig på led framför bastun med lövruskor i händerna. Först när baderskan har manat till tystnad öppnas dörren till bastun, och kvinnorna klättrar upp bland lavarna för att hitta en plats. Någon piskar kroppen med en björklövsruska. Bastun dunkel och het med en väldig murad ugn, svartnad av sot. Signe blundar, det är tyst och luften fylls med doft från löv och kryddväxter. Hon tycker sig se Ellen Key framför sig. En skugga mot ett flämtande ljus, ett barndomsminne, en påminnelse. Öppna lås och lossa förtöjningar i dina inre landskap, manar hon. Bastuelden glöder och den drypande luften flödar över hennes kropp. Hon har bett om hjälp och fått svar ifrån sitt eget inre.

Lenin har det senaste året drabbats av en serie slaganfall. Han ligger i halvslummer och får med möda fram enstaka ryska ord för att sedan sjunka bort i koma. Gardinerna är fördragna och sjukrummet försänkt i grönaktigt dunkel. De nio behandlande läkarna är oeniga, har olika uppfattningar om vad Lenin lider av och talar med dämpade röster. Diskussionen gäller två diagnoser, hjärnsyfilis eller förkalkning i hjärnans kärl – ryktet om förgiftning avförs helt. De tyska läkarna förordar syfilis och Salomon det senare med stöd av sjukdomshistorien där flera av Lenins nära släktingar dött av grav åderförkalkning. Laboratoriesvaren beträffande syfilis är dessutom negativa. Lenins syster och Krupskaja nickar. På politbyrån är man lättad – syfilis anses som en smutsig sjukdom. Men plötsligt inträder en försämring i Lenins tillstånd och det blir kritiskt. De behandlande läkarna stelnar till. Vad kommer att hända med dem om Lenin dör?

De serveras piroger med dill och svamp på en krog nära marknaden. Oskar höjer vodkaglaset och blinkar mot Signe som också fattar sitt. Återigen en stulen stund tillsammans och ljuvheten strömmar genom deras kroppar. De sitter i ett bakre valv, ett inre rum i restaurangen där stämningen är mild och sömnig. Kolelden glöder i samovaren. I ett hörn suckar järnkaminen när ett vedträ lägger sig tillrätta. Några gäster glömmer sitt te för en bok, medan andra vilar halvliggande på slitna soffor. Lenin står pliktskyldigt byst i en nisch med röd flagga, och mittemot hänger ett kvarblivet emblem från tsartiden. Signe och Oskar glömmer maten och försjunker i varandra.

När de lämnar krogen är det full kommers på gatan utanför. De hör flytande tyska och franska från söner från forna överklassfamiljer som säljer sina sista ägodelar för ett par kopek. Signe och Oskar förfäras över krigets och revolutionens spår. Människostumpar utan armar och ben som hasar sig fram i snömodden, krigsinvalider och soldater som i brist på orkester marscherar sjungande till vemodiga visor. I vimlet köper Oskar ett falskt Fabergéägg i grönt glas som han ger till Signe. Ett ägg som likt livet vilar på ostadig grund.

Lyckligtvis förbättras Lenins tillstånd. Försämringen var temporär och den internationella läkardelegationen bestämmer sig för att snarast avsluta sitt uppdrag och lämna Moskva.

Lenin förs till sitt lantställe Gorki där han under sommaren kan gå över rummet med hjälp. I oktober begär han att få komma till Moskva, men återbördas sedan till Gorki där han dör den 21 januari 1924, endast femtiofyra år gammal. När obducenten slår lätt med pincetten på de fyra stora artärer som går till hjärnan, hör han ett krasande metalliskt ljud som beror på grava förkalkningar. Tre av dem är så gott som helt tilltäppta.

Lenins döda kropp blir liksom helgonens en helig kvarleva och placeras i ett mausoleum vid Röda torget. Men hjärnan, vad ska man göra med denna dyrbara relik?

De reser hem från Moskva åt olika håll, Oskar till Berlin med en tredjedel av Lenins hjärna gömd i sitt bagage, och Signe, Folke och Salomon till Petrograd i samma kupé som den de kom i, klädd med slitet gyllenläder. Än en gång avböjer de erbjudandet att få låna tsarens tandborste, men smakar både kaviar och blinier. Signe vinkar för länge till Oskar som står kvar på perrongen, och när Folke stänger fönstret med en ilsken smäll, sjunker hon ner på sätet och gör sig otillgänglig i en bok. Hon låtsas läsa men ser bara dimma, ”ty jag har provisoriska ögon som endast stirrar inåt”, som hon uttrycker det.

LILY KARMIN HETER hon, den unga kvinna som efter lång tvekan ringer på Rosenviks dörrklocka, en späd flicka iklädd knäkort kappa, klockhatt och med håret shinglat och knappt synligt under hatten. När ingen öppnar trycker hon ännu en gång, en kort skygg signal.

Torsdagen är den dag i veckan som Signe har reserverat som besöksdag. Då får hennes egna barn inte väsnas och inte springa i trappor. Helst ska de leka utomhus eller ägna sig åt läxläsning. På torsdagar luktar huset såpa och på vinden är avträdets latrintunnor tömda och kalkade. Jungfrun har på sig nystruket förkläde och bär in en kaffebricka i förmaket när det första besöket dyker upp. Signe själv tar emot med ett skrivhäfte i handen för sina minnesanteckningar.

Signe har ett förtroendeuppdrag som medlare vid skilsmässor. Alla äkta makar som ansöker om hemskillnad är skyldiga att göra ett besök hos en medlare. Oftast är det präster som får sådana uppdrag, men Stockholms stad har också borgerliga medlare och Signe är en av dem.

Hon kallar besökarna för klienter. Inte stackare och heller inte alkoholisthustrur som de flesta är. Det är kvinnorna som brukar komma, sällan båda makarna och nästan aldrig enbart mannen. Mammorna har ofta med sig ett barn, ibland flera. Små förskrämda varelser som jungfrun brukar ta hand om i köket så länge besöket varar.

Den här torsdagen, för övrigt den första varma försommardagen efter en sen och kall vår, är fullbokad eftersom hon tvingats skjuta upp möten på grund av resan till Sovjet. Nu återstår bara dagens sista klient. Fröken Lily Karmin, läser Signe i sin besökskalender, boende på Mäster Samuelsgatan. Signe har inte träffat henne och de har bara växlat några ord i telefon. Först efter flera övertalningsförsök då Lily Karmin försäkrat sig om att Signe har absolut tystnadsplikt, hade de kommit överens om en tid.

Signe öppnar fönstret och en ljum bris får fatt i gardinen. Hon sjunker ner i sin röda länstol och sluter ögonen, en kort stunds vila i väntan på dagens sista besök.

Hon sugs in i minnet av Oskar, dyker in i detta myller, i detta människolandskap som hon nyss besökte. Hon steg på tåget från Petrograd till Moskva och låste dörren till kupén och när hon tidigt nästa morgon klev ner på perrongen, förstod hon genast att hon efter denna resa kommer att vara en annan än den hon var innan hon for. Hon tycker sig redan se miraklen och öppnar sin famn för dem, följer ödets vägar och låter hattbrättet skugga när hon slår upp fönsterluckorna som stängt hennes ögon. Väl ute på gatan grips hon av vemod och drar in stadens alla lukter i ett djupt andetag, kolrök och sopor men också en svag doft av cederträ, trampar i hästspillning, knuffar sig fram, tränger sig förbi och hoppar undan. Gatans larm växer till ett crescendo av röster, visslingar, rop och hästhovsklapper.

Något fullständigt oväntat inträffar, någonting hon absolut inte hade kunnat föreställa sig. I en hall klädd med turkosgrönt kakel ser hon plötsligt Oskar komma emot henne. Det hade skett, det som inte fick ske. En våldsam förening utan sans. Den blinda viljans hänsynslösa girighet. Utanför fönstret på andra sidan floden glödde bebådelsekyrkans tretton bladguldbelagda lökkupoler, och i Kremlpalatset intill låg Lenin sjuk med de utländska läkarna närvarande, alla utom Oskar.

Lily Karmin anländer försent. Kaffet som väntar på bordet mellan de två besöksstolarna har kallnat och Signe slumrat till. När dörrklockan ringer tvekar Signe. Ska hon be klienten återkomma eller ta emot henne trots att det snart är middagstid. Men när hon ser den unga flickans tårdränkta ansikte, kan hon inte göra annat än att hälsa henne välkommen.

Lily Karmin är ung. Mycket yngre än de flesta av Signes klienter. Hon är snyggt klädd. Varken sliten eller utsläpad. Vore det inte för det bleka ansiktet med de mörka ringarna under ögonen skulle Signe genast trott att hon kommit fel.

De sätter sig mittemot varandra med kaffebrickan emellan. Lily, som Signe har bett att få kalla vid förnamn, är tyst. Hon tittar stint ner i sitt knä. Tar emot näsduken som Signe räcker henne, men utan att titta upp.

Signe väntar. Lily torkar bort några tårar. Från köket hörs slamret från kokerskans matlagning. En svag doft av ärtsoppa letar sig ut genom serveringsrummet och hallen med den slitna kelimen på golvet, och sedan vidare till salongen där bokhyllor täcker väggarna ända upp till taket, för att till sist försvinna genom förmakets fönster som står öppet. När Lily, trots Signes försiktiga fråga om hur hon mår, ännu inte har sagt något föreslår Signe att de ska träffas en annan dag och reser sig för att ta adjö. Det är då orden kommer, till Signes förvåning på en blandning av tyska och jiddisch. Lily väntar barn. Hon har tjänst hos ett herrskap på Kungsholmen, och det är herrn som tvingat sig på henne. Hem till Tyskland kan hon inte fara och i Sverige kan hon inte stanna. Hon gör vad som helst bara Signe kan hjälpa henne.

Ett plötsligt illamående och Signe överrumplas av kväljningar. Hon reser sig med möda, famlar med handen över stolsryggen för att inte falla och vacklar mot det öppna fönstret där hon blir stående. Försiktigt, utan att Lily ska se det, torkar hon bort svettpärlorna i pannan med en flik av gardinen, drar in vårluften i lungorna och låter sig långsamt svalkas. Hon vänder sig mot Lily igen, en ömklig snyftande varelse som sjunkit ihop i stolen. Ett flickebarn är vad hon har framför sig, en ansvarslös barnunge som inte tycks ha förstått konsekvenserna av sina handlingar. Lilys gråt stegras och orden forsar som ur ett ymnigt blödande sår. Ta bort barnet? Hör hon rätt, ber flickan om hjälp till en illegal abort? Signe häpnar, be henne om någonting sådant, hon som är stadens officiella representant i samlevnadsärenden. Vet inte Lily att fosterfördrivning är belagt med stränga straff?

Signes första reaktion är att be henne gå. Att omedelbart lämna rummet. Försvinn härifrån, vill hon ropa, men så besinnar hon sig och veknar i en känsla av samförstånd.

Visst känner Signe till både storabortören i Saltsjö-Duvnäs och sondtanterna på Söder som har livmodersprutor och katetrar fullt synliga i sjukvårdsaffärernas glasdiskar. Det kostar pengar naturligtvis, men hos abortören är ingreppet i stort sett riskfritt. Man tas emot av en sjuksköterska och skrivs in som på vilken läkarmottagning som helst, och sedan utförs aborten snabbt och professionellt. Han är förstås dyrast men tveklöst skickligast och för Lilys vidkommande skulle en illegal abort förvisso vara en lösning. Men har flickan råd?

En förstulen fråga om Lilys ekonomi och Signe får bekräftat att Lily inte har några pengar. En abort är således ingenting att tänka på. Signes uppgift måste vara att få henne att föda sitt barn.

– Ta hit den där herrn så ska jag prata med honom, uppmanar hon i stället.

– Nej, nej det går inte, snyftar Lily, den enda möjligheten är att ... han slår ihjäl mig om han får veta, han är sån. Våldsam.

Signe spetsar öronen. Vad finns bakom orden. Tänker flickan göra något dumt? Hon drar stolen intill Lily och omfamnar henne.

– Lilla barn, viskar hon, och stryker Lily över håret.

Du ska se att det ordnar sig, vi ska hjälpas åt, bara du inte gör nånting desperat.

Hon baddar Lilys gråtsvullna ansikte med näsduken och skjuter henne sedan en bit ifrån sig men utan att släppa flickans blick. Allvaret i det hon har att säga får inte gå förlorat.

– En illegal abort kan vara livsfarlig, Lily.

När Lily gått släpar sig Signe upp till sitt rum, uteblir från middagen och låter meddela att hon inte får störas. Signe har agerat på enda möjliga sätt; inte ett ord om storabortören till Lily, eller för den delen namnet på någon annan välkänd abortör. Det är bara att hoppas att flickan inte vänder sig till någon klåpare. Eller själv försöker – att fosfortändstickor är förbjudna betyder inte att de är omöjliga att få tag på. Minnen faller över Signe. Den unga husan som plötsligt avled, som blev en av hundratals desperata kvinnor som dog i sina försök att framkalla missfall. Det hände en nyårsafton. Hon hade skrapat fosfor från tändstickor och svalt ner med mjölk. För Signe blev hon flickan med svavelstickorna, fast på riktigt, i det verkliga livet. Man talade om det i köket. Tystnade i herrskapets närvaro. Det var inte meningen att Signe skulle höra något. Plötsligt var Alma bara borta, den snälla Alma med skrattande mun.

Efter att ha hämtat ett glas vatten i badrummet och svalt ett huvudvärkspulver, sjunker hon ner vid sitt skrivbord. Hon blir länge sittande och betraktar almarnas ljusgröna kronor och det fina strilande regnet utanför fönstret. Det dröjer innan hon tänder lampan och slår upp Oskars adress i telefonboken, *Vogt, O, prof. Magdeburgerstr. 32 Berlin,* för att sedan bara lägga den åt sidan. Hon reser sig, drar för gardinerna och lägger sig på sängen där hon kryper ihop i fosterställning. Regnet trummar mot takkupan och hon sträcker lite på sig och knäpper upp klänningen, lossar korselettens hakar och drar ett befriat andetag. Från köket i bottenvåningen hör hon barnens avlägsna röster och slamret från middagsdisken, en trygg vardag som svalkar hennes oro och får henne att falla i sömn. I en dröm mellan sömn och vaka tar hon tåget till Saltsjö-Duvnäs och möter en man klädd i vit rock. Var inte rädd, viskar han, ett litet ingrepp så är det klart. Gör det inte, ropar hon. Döda inte Oskar i min kropp! Hon vaknar av ljudet från sin egen röst.

LILY LIGGER LÄNGST in i sjuksalen i den säng som står närmast kakelugnen. Kanske hör hon läkarens steg som ekar mot stengolvet och uppfattar ord som viskas när de båda sköterskorna närmar sig hennes säng. Ännu vet ingen vem hon är, och heller inte om hennes hjärna är i stånd att uppfatta något.

Strax efter midnatt hade hon anlänt i ambulans till Serafimerlasarettet. *Okänd kvinna c:a 20 år, gravid med nästintill fullgånget foster inkom till sjukhuset kl. 00.10 den 2 november 1923. Patienten medvetslös med skador å skalle och överkropp. Behandling sattes in utan dröjsmål, men endast svaga livstecken kunde påvisas. Med tanke på fostret inkallades kvinnoavdelningens jourläkare för överläggning.* Efter att diktamen är avslutad, läggs sjukjournalen i en mapp för oidentifierade patienter. Vaktmästaren ombeds genomsöka patientens klädesplagg ännu en gång i förhoppning om att hitta någon ledtråd, och finner då ett visitkort med Signes namn och telefonnummer.

Signe vaknar av ringsignalen, klär sig hastigt med skakande händer och beställer en droska i gryningen. Vad har hänt, vem är skadad? Hon ber att få bli körd till

Serafimerlasarettet och slänger igen bildörren efter sig. Fick hon med sig allt, pengar, puderdosa, nycklar. Hon rafsar i handväskan, hittar kam och några hårnålar och snor ihop håret till en knut i nacken. Kör fortare, fortare ... men så lägger hon band på sig och sluter ögonen. När bilen bromsar in framför sjukhusgrindarna sticker hon till chauffören en sedel och kastar sig ur. Behåll växeln, ropar hon och hastar bort mot sjukhusets huvudingång.

Nattmörker och novemberdimma. Gatlampor flämtar i dimstråk och en snöstrimma längs grusgången leder Signe genom parken upp mot lasarettet. Hon håller fast hatten med ena handen och drar ihop kragen med den andra. En råkall vind sveper in från Riddarfjärden som ännu inte frusit, och får henne att springa mot porten där en vaktmästare väntar.

En ung kvinna hade de sagt på sjukhuset. Inget av barnen, det kollade hon innan hon for hemifrån. Någon av hennes vänner eller släktingar? Hon har inte en tanke på att det kan gälla Lily, hon är ombedd att komma till Serafimerlasarettet, det är allt.

Visst känner de igen varandra, doktorn och Signe när de möts i hennes mottagningsrum – för första gången här, annars i hennes våning i Gamla stan där bordet alltid står dukat för vänner. Det är Ada Nilsson, specialist på kvinnosjukdomar och socialläkare, som har jouren i natt.

– Jag tänkte väl att det måste vara en av dina skyddslingar när vi hittade visitkortet. Läkaren slår upp te och räcker en kopp till Signe.

– Men namnet Lily Karmin klingar inte bekant, fortsätter hon och skakar på huvudet. Bland stans prostituerade finns det ingen med det namnet, och inte heller bland flickorna på Söders uppfostringsanstalt som jag har tillsyn över.

– Jag övertalade Lily att behålla barnet, suckar Signe. Att hon skulle bli så brutalt misshandlad ... Jag lyssnade inte. Uppfattade inte varningssignalerna. Lily var rädd för att det här skulle hända, och jag tog henne inte på tillräckligt allvar. Signe tystnar och håller en näsduk tryckt mot ögonen.

– Vi måste ta ett beslut, fortsätter Ada Nilsson. Räddar vi barnet, förlorar vi sannolikt modern. Men räddar vi inte barnet, förlorar vi båda. Hon slår upp dörren och kallar till sig en sjuksköterska. Beordrar förberedelse för operation. Ett akut kejsarsnitt.

– Det är bråttom, blodtrycket sjunker, konstaterar hon och vänder sig till Signe. Jag har inget val, på neurologen har de redan gjort vad som är möjligt.

Signe lyssnar. Hon säger ingenting, för det finns ingenting att invända. Dör Lily, faller ansvaret på den som misshandlat henne. Men också Signe tycker sig stå i skuld. Hon hade kunnat rädda Lilys liv.

Doktorn skyndar iväg och Signe lämnar mottagningsrummet. Hon ser båren med Lily i korridoren i väntan på operation, och går bort och sätter sig på en stol intill.

– Käraste flickan min, viskar hon och lägger hatten

i knät. Hon tar Lilys hand i sin, en slapp spenslig hand och hör en hårnål studsa mot stengolvet, skjuter stolen lite närmare och böjer sig fram mot Lilys bandagerade huvud.

– Jag ska sörja för ditt barn, Lily och göra mitt bästa för att ... Men innan hon har avslutat meningen rullas båren med Lily in i operationssalen.

Lily dör men hennes dotter överlever. Flickan blir uppkallad efter sin mor, och nöddöpt av sjukhusprästen på grund av sin låga födelsevikt.

Den levande Lily och den döda Lily. Deras namn är detsamma liksom fragment av DNA, den lilla spiralen. Signe lägger barnet mot sin axel och känner flickans mjuka kind mot sin hals. Två öden har korsat varandra. Lilys dotter anförtros Signe i stället för Oskars barn som aldrig föddes.

Signe ordnar med en fosterfamilj på Kungsholmen. Hon besöker dem regelbundet och förhör sig om den lilla, kontrollerar viktkurvan och för bok över flickans utveckling. Om vädret tillåter går hon ut en stund med barnet i samma stora vagn som hennes egna legat i. Signe känner sig lugn och arrangemanget tycks fungera tills vidare. Givetvis ska flickan överlämnas till sina släktingar i Tyskland. Hon är ju faktiskt tysk medborgare och judinna som sin mor, men det får bli en senare fråga.

VÅREN 1925 RESER Signe utomlands. Hon ska vila ut. Tänka igenom vad som hänt och komma underfund med vad hon vill. Relationen med Oskar måste avslutas – om det nu ens är någon. Alla lider. Folke och barnen lider, men mest Signe själv.

Oskar är hennes stora, hennes allra största kärlek. Lilys död och barnets födelse grep in i relationen med Oskar. Skuggad av skuld föddes ett barn i stället för det som Signe och Oskar aldrig fick. Svindlande minnen, bitterljuva. Varför tog de inte kärleken tillvara, varför lät de annat komma emellan.

Signe tar tåget till Lucerne i Schweiz. Promenerar bland stadens åldriga byggnader, lutar sig mot broräcken med utsikt över sjön, och försjunker i tankar. När hon är tillbaka i hotellrummet skriver hon till Folke.

”Lucerne 4 mars 1925.

Käraste Folke, ibland griper ödet en farlig människa i håret och tvingar henne till något, som hon inte vill. Jag har sedan länge känt att ödet drivit sitt hemlighetsfulla spel med mig – jag kan försäkra dig, att det varit som om någon annan – en annan varelse inne i mig – tänkt och handlat i mitt ställe.

Jag ska, vill och måste återvända till dig med mitt hjärta, för det finns inte någon väg för mig, ifrån dig och ifrån barnen. Jag ska komma tillbaka (om du vill ta emot mig) – om jag också kommer blödande ur djupa, tyvärr alltför djupa sår, så ska jag dock finna den helande salvan för dessa sår, om du vill tillmötesgå mig. Tro mig, käraste Folke, din godhet mot mig under denna tid, som utan jämförelse varit den svåraste i mitt liv, har gjort ett överväldigande intryck på mig. Att du sade till mig: 'Jag har aldrig betraktat dig som min sak, som min möbel – jag har alltid ansett dig vara en fri människa och gör det också nu', ska jag aldrig kunna glömma. Med dessa dina ord vann du en större seger, än du själv kan förstå.

Att jag gjort dig ont, är för mig en ständig pina. Det blev en jordbävning i min själ – och under jordbävningar gäller inga lagar mer. Men människohjärtat skapar evinnerligen, och jag hoppas igen, att vi två åter ska kunna skapa ett varmt hem för oss själva och för våra barn.

Du förstår väl själv hur allvarligt detta brev är, och hur mycket som hänger på ditt svar. Därav beror ditt och mitt och barnens framtida liv. Svara mig fullständigt ärligt, ty endast på sanning vågar jag bygga.

Din Signe"

Ett svarsbrev från Folke anländer snabbt till hotellet. Portieren ringer upp till hennes rum och hon sitter häpen med luren i hand innan hon går ner för att hämta det. Han måste ha skrivit med nästan vändande post. Hon hade tryckt på allvaret i sitt brev, och han hade genast svarat.

Som hon hade oroat sig över hans reaktion! Hon lägger resekofferten på sängen för att packa. Nu ska hon hem. Folke väntar. Allt är nu förlåtet. *Vi måste leva detta korta jordeliv så klokt, vackert och sant vi kan* – ett gammalt löfte som plötsligt rinner till. Hon springer visslande nedför trapporna för att hämta brevet i receptionen, vecklar upp det med skälvande fingrar och glider snabbt över texten. "Käraste lilla Signe ... Det känns som om något lossnat ... att ej vi två alltid skulle tillhöra varandra." Ögonen fastnar på ett stycke längre ner, och hon måste sätta sig.

"Det är ej för att plåga dig som jag berättar att jag har träffat andra kvinnor, utan för att hävda min frihet inom de skrankor jag byggt kring dig och mig."

Hon blir mållös. Läser stycket om och om igen. Jaha, så var det sagt. Han kommer aldrig att ge upp denna, sin så kallade frihet att hålla sig med älskarinnor. Folke villkorar deras äktenskap. Aldrig att hon kan gå med på något sådant!

Folke har besvarat hennes brev fullständigt ärligt, precis som hon önskat. I stället för en gest av försoning vidgas klyftan mellan dem. Hennes brev har fått motsatt verkan. Förtroendet mellan dem är brutet och kommer aldrig att repareras.

Uppbrott

ETT LIV. ATT försöka skildra ett liv, det liv som är Signes, som redan är levt och avslutat men ändå rör sig som en stigande och dalande våg intill mitt nu levande liv. Ibland känns det som en efterklang, en gammal dyning efter en storm som har blåst på andra sidan havet, en dyning som i varje vågdal tar avstamp för ännu en rörelse framåt och uppåt igen för att till sist upphöra helt. Men vissa dagar står vi båda mitt i stormen och söker fotfäste i den virvlande bottensanden.

*

”Ja, det är sant, det grymma livet slog och jag blev hårt och obarmhärtigt avvisad.”

På en lös lapp i Signes kalender.

AUGUSTI 1926. Det är sensommar i Dalarna, nästan höst. På dagarna är det fortfarande ljumt, till och med varmt ibland, och älvens vatten flyter stilla nu före höstregnen. Hon kan gå torrskodd över till ön genom att hoppa på stenar, vet vilka som ligger stadigt och vilka som vickar när man kliver på dem, och går rätt säkert utan att halka.

På tunet vid den lilla timmerstugan är gräset bränt och björkarnas löv har redan börjat gulna. Instängd luft slår emot henne när hon öppnar och Signe ryggar tillbaka en smula. Hon har nog räknat med att stugan ska vara såpskurad och iordningställd inför hennes ankomst, utan flugfläckade fönster och en död skogsmus på trasmattan.

Stugan tillhör Älvgårdens pensionat, är ett av flera små annex som ingår i anläggningen. En flicka i kulladräkt som är tillfälligt anställd under sommaren har städat hjälpligt och gårdskarlen har slagit gräset och burit in ved i en korg som står intill spisen. På bordet ligger en lapp och Signe tar fram glasögonen ur klänningsfickan och läser: Frukost klockan 8 i pensionatets matsal, middag klockan 12 och sedan eftermiddagskaffe. Klockan 6 serveras kvällsvard med den stora stockvedsbrasan tänd och några kvällar underhåller traktens spelmän. Kaffe finns i skåpet ovanför vattenspannen ... Hon går bort mot sängen, drar undan rödrutiga sängförhängen och kontrollerar täcke och lakan, slår upp ett fönster, sätter i myggnätet och öppnar resväskan som redan är på plats. Hon hänger upp sina kläder på galgar och krokar, bomullsklänningar, en ullgarnskofta för kyliga kvällar och några snyggare klänningar för middagarna i matsalen. Böckerna, den stora packen med böcker som hon alltid bär med sig, hamnar på bordet liksom reservoarpennan och bunten med brevpapper. Hennes livlina ut mot världen är på plats, liksom dagboken med rött snitt och svarta vaxdukspärmar.

Under flera år har Signe besökt Älvgårdens pensionat och alltid bott i samma stuga. Vanligen ser hon fram emot den här veckan som ett andningshål i tillvaron. Hon tar ett tidigt dopp i älven varje morgon, flyter med strömmen ett stycke och simmar med viss möda tillbaka, skjuter ibland ut roddbåten som ligger uppdragen på stranden och ror längs älven, först uppströms för att sedan glida tillbaka med armarna vilande på årorna. Det känns lite som att leva ett vildmarksliv. Hon brukar göra långa promenader och om vintern skidturer så länge som dagsljuset råder. Men detta år företar hon sig ingenting. Vistelsen är mer en flykt än en vila.

Nu slår hon sig ned i en korgstol på verandan som nästan hänger ovanför älven. Hon försöker slå undan sin oro, försöker hitta ett lugn genom att betrakta vattnet, stranden och skogen och spanar efter bävern som ibland syns simma i skymningen. På andra sidan vattnet finns en ansamling stenblock. En mörk linje över stenarna markerar var vattenståndet vanligen befinner sig, och en bit högre upp löper en vall av ris, skräp och grenar som vårfloden lämnat efter sig. Stränderna berättar om älvens kraft och rörelser, om vårens rasande vattenmassor som nu vilar lojt i sensommarfriden, om höstens översvämningar, vinterns förrädiska is och mullrande islossning som Signe en gång själv har upplevt. Isen gick upp och hon kunde inte komma över till fastlandet, men Hans-Ers på pensionatet hade lyckats rädda henne, en riktig bragd. Sedan hade hon vilat ut intill matsalens stora stockvedsbrasa medan han berättade alla älvens historier. Om hästen som gick ner sig när strömfårans tunna is brast, om bron som spolades bort så att bara fundamenten blev kvar. Hans-Ers bjöd på en sup och Signe hade blivit uppspelt och het. Vad som helst kan hända, hade Hans-Ers sagt och lagt sin skyddande arm runt Signes axlar. Som när dammen uppe vid skvaltan brast och vattnet drog med sig både hus och träd. Älven rör sig ständigt och kan snabbt förändras. Den liknar livet som plötsligt tar en ny vändning, tänkte Signe och kröp ihop hos Hans-Ers.

Varje förmiddag går hon över den inre, nästan uttorkade älvfåran bort till pensionatets huvudbyggnad, dröjer sig kvar tills posten kommer och frågar efter brev från Folke. Och varje kväll efter middagen hoppar hon på vickande stenar tillbaka till sin stuga, sätter sig en stund på bryggan, fäktas mot knotten och drar ihop koftan. Hon skriver ett brev till Folke, viker ihop det och stoppar in det i ett kuvert, men i stället för att slicka igen det och skriva på adressen river hon sönder brevet, slänger det i älven och betraktar pappersflagorna som förs bort med strömmen. Hon ser solen rodna och svärtor glida ljudlöst medströms och blir plötsligt varse bävern som klatschar med stjärten och dyker. Hennes sinne fylls av naturens skådespel som får hennes dysterhet att vika undan. I takt med att mörkret faller börjar älven ryka. Dimman flockar sig som älvor på vattenytan. Hon får fatt i en håv som ligger på bryggan och sträcker den långt ut över vattnet för att fånga en älva. Sedan ler hon över sitt barnsliga tilltag – vad gör hon egentligen, vuxna människan – och lägger ifrån sig håven.

Här långt borta, ensam på en ö i älven är allt tillåtet. Ung eller gammal – vad som anstår den ena men inte den andra blir ovidkommande aspekter. På ön kan livet levas som det faller sig. Hon kan jaga älvor, skriva brev och riva sönder dem, bada naken, sjunga falskt eller gråta förtvivlat. Men den viljekraft som vanligen får henne att gripa tag i än det ena, än det andra, är borta. Nu ligger hon på magen på bryggan långa stunder och studerar några skräddare som rör sig på ytan, går håglöst en runda över tunet, lyfter yxan i vedboden för att spänta lite kaffeved men låter den glida ur handen igen. Tankarna som annars får ro att tänkas färdigt, mal och snurrar runt i hennes huvud. Sådant som tycks grumligt och svårlöst, som brukar stiga fram så avklarnat i ostördhet, gyttrar i stället ihop sig till en mörk och kletig smet.

Den här sommaren är olik alla andra. Hon vaknar varje morgon med ett leende, fortfarande halvt i sömnen. Men så faller plötsligt verkligheten över henne. Ett piskrapp över kinden, ett knytnävsslag i mellangärdet. Folke finns inte längre hos henne. Han har gått. Tillvaron gungar och Signe måste stödja sig mot väggen för att orka ta sig upp ur sängen. Ensamheten på ön som tidigare varit en lättnad, uppfylls med tilltagande ångest.

Signe, den ouppnåeliga, den förmögna bankirens vackra dotter, den vars hand alla tiggde om ... Det var så länge sen, suckar hon. Nästan ett helt liv har passerat sen dess. Jag längtar efter nätternas lidelse och dagarnas ömhet. Jag vill känna glädjen av min skönhet och makten av min intelligens. Kom älskade, hade hon skrivit till Folke, och naturligtvis kom han för vem kan motstå något sådant? Men vad hade hon givit honom när den första förälskelsen hade falnat. Barnen förstås, men vad mer? Hennes pappa hade hjälpt dem ekonomiskt innan Folke kunde försörja dem, och för den unge doktoranden hade äktenskapet öppnat dörrar till Stockholms inflytelserika kulturfamiljer. Han bjöds på vernissager, premiärer och privata tillställningar, alltid med Signe under armen. Hon var den självskrivna magneten, det var kring henne man flockades, det var hon som sög in omgivningens intresse. Han stod vid sidan av, men tröttnade snart och förstod att det gällde att själv inta en plats. Så gick åren. Barnen växte och när Folke fått den professur han sökte och första världskriget var över, blev han ofta inbjuden till kongresser i Europa. Signe följde med på hans resor, men nu blev det han som tilldrog sig konferensdeltagarnas intresse och Signe såg ingenting konstigt med det. Men omärkligt, nästan utan att hon själv upptäckte det, inträdde en förändring i deras samvaro. Det var inte längre hon som var huvudperson.

Vem skulle våga sätta sin fot på min nacke, hade Signe skrivit i sin dagbok, ung och stolt och med en obändig tro på sig själv. För varje nyfödd ökade midjemåttet en smula, och vid trettio såg hon sina första grå hårstrån. Hon hade aldrig kunnat föreställa sig att hon, Signe, skulle avvisas och förödmjukas. När den dagen kom, upptäckte hon att hon saknade nödvändiga redskap för att hantera det inträffade. Hon trodde att hon hade både överblick och kontroll över tillvaron så till den grad befäst att den sträckte sig över gränsen till det okända och bildade en stadig kupa över framtiden, men nu känner hon hur livets grundbult lossnar.

Hon hör dalkullan ro över till ön och strax dyker flickan upp med nybakade frukostbröd i en korg, hälsar glatt och erbjuder sig att tända i spisen. Men Signe skakar avvärjande på huvudet. Hennes sinne tål inga besök. Inte nu men sedan kanske.

Vad gjorde hon egentligen under alla år de var gifta? Födde barn, men vad mer? Hon tog emot olyckliga par i sitt hem, drog igen skjutdörrarna till förmaket och såg till att jungfrun kom in med kaffebrickan vid lämplig tidpunkt. Under många år hade hon talat om samlevnad och sexuella svårigheter, hjälpt till med praktiska insatser, försökt laga, lappa och trösta. Men nu, när hon själv har hamnat i de övergivnas skara, blir hon lamslagen. Alla de kloka ord som sagts till andra, är som bortblåsta. Dessutom får hon inte fortsätta som äktenskapsmedlare. En sådan person får själv inte vara frånskild.

Den första höststormen drar fram över Älvgårdens pensionat och Signe vaknar av ljud som hon inte kan härleda. Hon vågar sig inte fram till fönstret för att utröna varifrån det kommer, och törs heller inte gömma sig under täcket. Hon förblir sittande i sängen, lyssnande, väntande, med öronen på spänn. I vanliga fall skulle hon ha öppnat ytterdörren och snabbt ha konstaterat att det var vinden som slet i trädkronorna. Men det har skett en förändring hos henne. Hon är mörkrädd på ett sätt som hon aldrig varit tidigare. Ensamhet och utsatthet får kallsvetten att flöda och nu gråter hon hejdlöst. När stormen bedarrar och hon ser himlen ljusna samlar hon sig. Hon är en skeppsbruten som kastats i land på en öde ö, som börjar leta efter något att hålla sig till, och söker en förklaring till att Folke lämnat henne.

”Man kan aldrig nå en människa som inte vill bli nådd och man kan inte tvinga någon att älska.” Hon präntar orden med stora bokstäver i anteckningsboken, och stirrar begrundande på det hon skrivit. Så enkelt är det.

Signe reser sig och tänder i vedspisen. Vinden får

draget i spisen att mullra och veden tar genast fyr. Hon häller en skopa vatten i kaffepannan och mal lite bönor och slår i. När kaffet är färdigt och hon väntar på att sumpen ska sjunka, sköljer hon ansiktet med kallt vatten. Hon måste tvätta sig, på något vis bli renad från nattens kval. Plötsligt ser hon vad som hänt, ser det skrivet med eldskrift bakom sina gråtsvullna ögonlock: Folke satte klacken på min nacke, utan att jag själv ens märkte det!

Någon gång under sitt äktenskap – när vet hon inte riktigt – började hon sjunka. Maktbalansen mellan dem försköts, men det skedde gradvis under lång tid. Varför såg hon inte vad som hände, var det bristen på distans som gjorde henne blind? Det började kanske redan vid vigseln – tanken gör henne förfärad – i samma sekund som han trädde ringen på hennes finger. Nu var hon inte längre föremålet för hans jakt. Han hade redan fått sitt byte. När hon log med brudbuketten i handen, viss om en evig framtid tillsammans med Folke, såg han sig redan omkring. Han började rikta blicken utåt, bortåt, först trevande och sedan oförställt.

Ju längre bort han vände sig från Signe, desto mer iakttog hon honom. Hon höll sig vaken för att vänta på honom när han kom sent hem. Efter varje middag den senaste tiden hade han sagt att han måste tillbaka till sjukhuset för att jobba över. Signe hade nickat förstående, naturligtvis måste han ta sitt ansvar. Hon hade strukit med mjuka händer över hans trötta ansikte, och lovat att hålla sig vaken till dess han kom hem. Jag ber jungfrun ordna med en liten supé som står färdig, hade hon viskat, så tänder vi ett ljus och äter tillsammans, hur sent det än blir. Men Folke hade skjutit henne ifrån sig och lämnat huset med bryska steg.

Hon väntade nätterna igenom utan att Folke dök upp. Hon hade litat på honom, eller rättare, hade bestämt sig för att tro på hans förklaringar. När hon inte längre kunde hålla stånd vältrade sig svartsjukan över henne. Den förstörande känslan slog sönder det som återstod av deras förhållande.

Solen står redan högt, men hon sitter kvar med kaffet som för länge sedan har kallnat. Hennes tankar liknar ett spindelnät som svävar i rummet, och när hon griper efter det trasas de tunna trådarna sönder. Bara en mening biter sig fast likt en giftspindel: Den som inte är sedd, är ingen.

SIGNE VÄNDER OCH vrider sig i sängen och letar efter en ny grop i kudden för sitt oroliga huvud. Men ute är det lugnt, vinden piskar inte mot fönsterglaset, det är inte fullmåne utan regnet faller mjukt och lugnar natten. Varför sätter hon sig plötsligt upp, varför viker hon undan täcket och går bort och öppnar fönstret? Hon sträcker sig ut för att spana efter någon. Vem letar hon efter, vem väntar hon på? Efter en stund drar hon tvekande igen fönstret.

Natten är lång. Signe drömmer vaknar halvsover blundar, flyter fram som i en båge av ljus mot ett ingenting, eller i en virvlande flod där hon kämpar för att inte drunkna. Bilder avlöser varandra. Först en, sedan nästa. Och nästa. Hon lyfter upp dem framför sina slutna ögon, måste in i dem för att se och famlar efter sänglampans lysknapp.

På sängbordet står ett inramat gammalt foto som hon lägger i knät, ett bleknat fotografi som föreställer Folke som barn. Han är lång för sin ålder. Tanig och kutryggig. En liten gosse nedtryckt mellan skrattande storasystrar. Är det faderns förväntningar som tynger den magra pojkens axlar. Ende gossen, ende sonen som ska bli större än pappa själv. Han är arvtagare och fadern bullrar och mullrar: Här i släkten är vi professorer eller rabulister. Oftast bådadera! Han skrattar och vänder sig mot barnet. Och du då? Pojkens blick flackar. Han vill vara till lags bara, göra pappa nöjd. Signe har alltid känt en ömhet när hon har tittat på det där fotot. Nu släpper hon det i golvet och hör att glaset spräcks, lutar sig mot kudden och ser en annan bild.

De ligger tätt intill varandra efter ett kärleksmöte, ömt och stilla. De går upp, tar på sig morgonrockarna, tänder ett ljus på bordet, dricker te och pratar lite. Orden porlar när Folke berättar och hon ler och låtsas lyssna. Stämningen är mjuk och söt som honung.

Eller. Vattenhålet där de möttes är nyss lämnat. De ligger kvar bredvid varandra. Hon försöker behålla kärlekskänslan men tiden är ute. Hon klamrar sig fast vid något som inte längre finns, vilket hon vet men inte kan förklara. Något har hänt men hon förstår inte vad det är. Älskar du mig, viskar hon. Han svarar inte utan reser sig, klär sig snabbt och går.

Sedan. En man befinner sig i samma rum som hon. Han ser henne inte. Det är en stum man som inte vidrör henne, som hör vad hon säger men inte lyssnar. Hans skuldror är sammanpressade. Knappa rörelser uttrycker ett försök till kontroll som när som helst ska brista. Hon grips av panik. Den hon nyss älskade är nu en vålnad.

Signe är flykting i ett nytt land och assimileras långsamt. Hon tvingas lära sig det nya språket och det främmande landets sedvänjor. Men de djupa känslorna, samhörigheten, ljudet av det egna skrattet ... hur låter det egentligen?

"Jag vet, jag är ett ingenting, är skuggan av en vind ...", skriver hon. Det händer att hon faller ner i mörker, ibland i både ett inre och ett yttre. En kväll går flera glödlampor sönder samtidigt. Sådant blir symboliskt och små iakttagelser tillmäts betydelser som de inte alls är värda. Som när någon lagt fram Folkes nothäften på taffeln. De trevliga kvällarna då de spelat fyrhändigt. Har hon verkligen varit med om dem? En gång för länge sedan levde hon ett annat liv. Det lyser svagt, långt bort, allt längre bort. Ett dunkelt minne.

En diktstrof på dagbokspärmens insida: "Jag ser dig ej ty du är borta, men jag ser dig ständigt överallt. Jag hör dig ej ty du är borta, men hör dig, hör dig vart jag går." Så kan det också vara. Hon suger på orden, hör dem sägas av henne själv och av andra. De andra, är ensamma kvinnor som Signe, som längtar, letar, söker och vill någonting annat än det just närvarande. *Så kan det också vara.* Hon vrider på meningen och hittar en ny innebörd, en känsla av inre rörlighet och öppenhet inför nya lösningar – ett gradvist accepterande av något hon inte har valt.

Jag lever ett bra liv nu, säger hon till sig själv och det låter rätt övertygande, särskilt för en flykting i ett okänt land. Hon går på teater, lyssnar på föredrag, besöker kvinnomöten och knyter vänskapsband. Det öppnar utblickar och fördjupar hennes intressen. Men varje dag innebär också förluster och upptäckten kommer smygande. Hon minns inte längre kärleksord tätt intill sitt öra. Hon saknar småpratet om inget särskilt. Hon väntar på ingen men lyssnar efter stegen från trappan som aldrig kommer, liksom rasslet av nycklar som sent på kvällen öppnar ytterdörren. Tystnaden ekar i det stora huset och Signe kryper ihop med sin dagbok. Rummen suckar och viskar om gamla minnen, skriver hon.

Det kommer en dag då hon inte längre upptas av skilsmässans smärta. Inte heller glädjen eller känslan av lycka eller kärlekskänslan finns kvar, hon vet att hon antagligen erfor dem men minns dem inte. De finns registrerade i hennes hjärna som något som en gång varit. Doften är förflyktigad, som avdunstad i en öppnad gammal parfymflaska. Vissa händelser framträder fortfarande starkt, medan annat luktar gällen mjölk och kan slås ut i vasken.

Hon vistas i ett gränsland där en framtid börjar skönjas. Handlingskraft växer och beslut fattas, redan förberedda i hennes kropp.

Signe bor kvar på Rosenvik. Det vilar en frän lukt av tjära och förbjudet område över trakten. Lotsverkets höga stängsel spärrar stranden, ett skräpigt varvsområde med rostiga oljefat, tjärtunnor och utspilld mönja bland båtslipar, bråte och skjul. En dasslänga ligger nära grinden där italienarna håller till och blåser upp ballonger som de säljer i stora knippen utanför Skansen.

Signes hus är mörkt, nästan dystert. Höga almar skuggar gården och solen når aldrig ner, inte ens sommartid.

Det finns ett litet lusthus med toppigt blecktak men inga barn syns leka eller skratta där, dörren är låst och genom de smutsiga fönstren skymtar redskap och trädgårdsmöbler täckta med damm och spindelväv. Lusthuset som skulle kunna vara en plats för sköra tankar eller saft och kakor öppnas visst aldrig. Det används inte som lekstuga, inte ens om någon skulle hitta nyckeln. Det enda som vittnar om att barn har lekt här är en murken sandlåda med sanden så uppblandad med gamla löv att den knappast går att gräva i. På varsin sida om husets entrédörr står två trebenta järngrytor med skära pelargoner. De lyser upp.

När Folke flyttar i slutet av 1920-talet, hyrs halva huset ut och en låg häck planteras som delar gården mitt itu. Den del som inte längre är Signes prunkar med löjtnantshjärta och pion på försommaren, senare med blå riddarsporrar följda av violett flox och guldbollar på höstarna. När sommarlovet är slut dignar ett gråpäronträd av frukt och nästan inuti häcken växer ett plommonträd. En gren sträcker sig ut över Signes gård, och den som hoppar riktigt högt kan fånga några plommon innan de faller till marken fyllda med getingar.

Signe är frånskild men inte ensam. Barnen bor kvar liksom gamle farfar Salomon och hushållerskan Anna. Barnfötter i alla storlekar springer upp och ner för trapporna och huset är fyllt med liv. Farfar stöter käppen i golvet när skratt och glam hörs alltför högt, och Anna ropar från köket: Ut med er och lek! Signe drar sig undan i övervåningen och stänger dörren till sitt rum. Hon skriver brev och ringer i den nya telefonapparaten som fått ett extra jack monterat intill hennes säng. Hennes kalender är fulltecknad med möten och middagsbjudningar.

De förtrollande barnbarnen har ännu inte intagit Signes hus. Det är så hon kallar dem. Som äpplen ska de rulla över golven, leka på slitna mattor, snusa på salongens rosenmönstrade och krypa på förmakets gula matta som är lenast mot kinder och knän, knuten med silkegarn. Karljohansbordets underrede väntar på knubbiga små kroppar som ska pressa sig mellan de polerade pelarna. Men ännu har ingen öppnat det röda ryska ägget med mindre ägg inuti, det som ligger i det stora skåpets nedersta låda, eller slickat på brudparen av socker, begravningskaramellerna eller tittäggen som sparats i skärt silkespapper.

I Signes hus lever tingen. Hemligheter väntar på att röjas, familjehistorier på mjuka barnöron som ännu inte tröttnat på att lyssna.

SIGNE OCH SALOMON. Den gamle mannen och hans sonhustru söker tröst hos varandra. Varje kväll går Signe in med bricka, kaffekoppar och två små glas portvin till gamle Salomon som mestadels vilar på sin säng. Han lyser upp när han ser henne, och hon skrattar när han öppnar dörren alltid med samma hälsningsord: "Den dagen var välsignad när du kom in i vår familj!" De smuttar på vinet som Salomon kallar den gamles mjölk, och hon hjälper honom att linda benen eller buffa till kudden en smula. Ofta blir de sittande försjunkna i samtal om böcker eller något teaterstycke som Signe har sett.

En kväll får Signe syn på ett inbjudningskort som ligger på hans skrivbord. Salomon försöker smussla undan det men hon har redan sett vad kortet gäller, en inbjudan till ett naturvetenskapligt möte i Düsseldorf. Salomon skrattar, inte kan han gamle gubben fara dit, det är inte ens att tänka på. Men efter flera övertalningsförsök från Signes sida blir båda upplivade och bestämmer sig för att resa tillsammans.

Hon hjälper honom upp på tåget, drar hans rullstol mellan föreläsningssalarna och presenteras som hans dam under kongressen. Men i hennes leende göms en hemlighet. Bland föredragshållarna finns Oskar.

”Det hände något mycket egendomligt”, berättar Signe på ett inspelat band. ”Vi lämnar föreläsningssalen och går till hans hotell och han ser att det har hänt mig något, och förklarar att det syns i mitt ansikte. Han nästan tvingar mig att anförtro mig till honom beträffande mitt äktenskap och alla svårigheter. Jag öppnar mig för honom på ett sätt som jag inte hade drömt om att jag skulle göra och känner mig oerhört lättad efter det.”

De talar franska med varandra. Inte svenska som är hennes språk, inte tyska som är hans. De upprätthåller viss distans och säger inte du till varandra. ”Mina fel beror på min hetta och alla Folkes dygder bottnar i hans ljumhet”, viskar Signe. Oskar lyssnar. Säger ingenting.

SIGNE VAR MIN farmor men jag kände henne inte. Visst träffade jag henne många gånger, satt i hennes knä och till och med sov i hennes säng när jag var liten, en av hennes elva barnbarnsflickor som inte var den äldsta och inte den yngsta, och heller inte den med störst behov av en farmor. Efter småbarnsårens somrar på hennes skärgårdsö reducerades våra möten till enstaka besök på Rosenvik med ett ”Goddag snälla farmor” och en nigning i knästrumpor och flätrosetter. Och så sprang man ut och lekte med kusinerna. Jag visste vagt att hon var verksam i Fredrika Bremerförbundet, men frågade aldrig vad hon gjorde eller vilka de kortklippta damerna med visslande hörapparater var som slog sig ner i salen. En krets med rakryggade kvinnor vilkas ansikten lystes upp av ett varmt och rosafärgat sken från lampan som hängde över det runda mahognybordet.

Det blev inte tid för något samtal mellan oss, utom vid ett enda tillfälle på min bröllopsmiddag i slutet på 1960-talet, en bohemisk tillställning i en ateljé i Vasastan. Ett långbord var dukat på bockar inklämt bland stafflier och färg. Bakom Signe stod silkscreenramarna som användes för att trycka upp affischer och amerikanska pappersflaggor som sedan brändes i protest mot

Vietnamkriget, och på andra sidan fanns en stencilapparat för flygblad och Vietnambulletinen. Rolling Stones och Thelonious Monk snurrade på skivspelaren, den ofödda babyn sparkade under min fjärilsprydda brudklänning och runt bordet pågick en allt mer högljudd politisk diskussion. Pappa försökte hyssja, politik hör inte hemma på bröllopsmiddagar, men blev överröstad av alla, även av Signe. Jag hade aldrig tidigare sett min farmor sådan hon var den kvällen. Det fanns ingenting av väluppfostrad konversation, i stället glödde hon och talade om det som intresserade henne; kvinnofrågan, bristen på jämställdhet och kvinnors kamp, eller som hon själv uttryckte det: ”Målet är ju hela tiden att väcka och utveckla kvinnan som människa, arbetare och samhällsvarelse och att hjälpa henne i hennes svårigheter till gagn för såväl henne som mannen. Jag har kommit att tro, att medlet till detta är de små grupperna. Jag tror på droppen.”

”O, Gud! O, Gud, att jag vore en man”, skriver Signe i dagboken när hon är fjorton år. Hon påminns ständigt om att hon ”bara” är flicka, vilket inte är avsett som en kränkning utan snarare är ett uttryck för faderlig omsorg, och som just därför känns desto mer sårande. Kvinnor tillhör en lägre kast. Deras hjärnor lämpar sig inte för högre studier, inte för filosofi eller teknik och är överhuvudtaget inte skapade för komplicerade tankegångar. Trots en uppväxt i den privilegierade överklass som Signe tillhör, utsätts hon för ständiga förödmjukelser och orättvisor. Hennes bröder studerar i läroverk och på universitet, men något sånt kommer aldrig ens på tal för Signe eller hennes yngre syster.

Ellen Key levererar motgift och Signe dyrkar henne. Hon känner henne från barnsben, Ellen Key har varit mammas och mostrarnas lärarinna och är sedan dess vän i familjen. Hennes "barnkammarrevolution" och syn på fri kärlek och moral utmanar hela det samtida etablissemanget, och rekylen blir våldsam. *Barnets århundrade* och *Livslinjer* smutskastas grovt. Strindbergs nidbild i *Svarta fanor* är nog den mest infama: "En åsna är du, och under denna åsnefest som pågår sedan tio år ha alla åsnor samlat sig kring dig; när du skriar falla de på knä, alldeles som vid Blåkullafesten där häxorna kyssa bocken i ändan ..."

Ellen Key kan inte stanna kvar i Sverige. Hon flyttar som landsflyktig till Tyskland och Signe följer med vilket är ett kraftfullt ställningstagande, hon arton och Ellen Key över femtio. Signe är hennes "barnbarn" och Ellen Key Signes "mammavän" – det är så de kallar varandra. I april 1926 dör hon och Signe skriver: "Jag är henne tacksam för allt, för alla dörrar som hon öppnade för mig. Hon ägde en godhet utan misstro. En stor god ren gestalt."

Om Ellen Key var Signes första stora kvinnliga vägvisare, blir Amelie Posse den andra. Jag ser dem framför mig, Signe och Amelie Posse, den ena med gullockigt hår som faller över axlarna, den andra med mörk stram hårknut i nacken, två överklassdamer som promenerar arm i arm i rejäla snörskor. Båda utstrålar en självsäkerhet som har med klass och uppfostran att göra, men i övrigt är de rätt olika.

De känner varandra sedan ungdomstiden i Berlin där de möts under Ellen Keys vingar. Sedan går de olika vägar och tappar kontakten. Medan Signe lever familjeliv i Stockholm, blir Amelie journalist i mellankrigstidens Europa. Hon reser och skriver reportage, intervjuar politiker och stridbara personer som hon själv, gifter sig med en tjeckisk konstnär, blir tjeckoslovakisk medborgare och bosätter sig i ett fallfärdigt slott fyllt med sagor, skrönor och husrum för alla sina vänner. Slottet i den lilla byn Lickov blir mötesplats för Amelies stora kosmopolitiska vänkrets, där Signe ingår.

När Signe bryter upp från sitt äktenskap, intensifieras hennes umgänge med Amelie som blir en allt viktigare person, kanske den kvinna som kommer att betyda mest i Signes liv. Amelie och Signe blir parhästar där den ena står på barrikaderna och den andra förhåller sig mer diplomatiskt i bakgrunden.

1928 reser Signe till London som svensk delegat i Internationella Kvinnorådets konferens. Fredsfrågan står överst på dagordningen och rädslan för ett nytt krig är stor. Hon går med självsäkra steg upp i talarstolen och agiterar med flammande kinder. Den enda väg som inte leder till krig är nedrustning, också om den bara sker lokalt.

Vad som helst men bara inte krig igen. Hotet växer för

varje dag, men det finns fortfarande hopp. Tyskland har ännu inte utträtt ur Nationernas Förbund. Weimarrepublikens demokrati vacklar, men det demilitariserade Rhenlandet är ännu inte intaget. Hitler har inte tagit makten och ingen kan föreställa sig vad som ska komma.

Signe har öppnat sig mot världen och rätat på ryggen. De kommande trettio åren kommer hon att ägna sig åt Fredrika Bremerförbundet. Hon har starka skäl för sitt engagemang.

Nedvärderingen av kvinnor har genomsyrat hela hennes uppväxt och hon möter den varje dag i oförminskad styrka.

Folke som vägrar fortsätta äktenskapet utan älskarinnor.

Lilys kvinnoöde som drabbat henne med våldsam kraft.

De är allihop insikter som förändrar Signes liv. Kvinnofrågan handlar om rätt kontra makt.

Signes rum på Rosenvik är en fredad plats. Ett eget rum. Ett rödkindat rum med rosentapeter. När kvällssolen faller in genom fönstret intill sängen glöder tapetens rosor trots att gardinerna alltid är fördragna. En solkatt studsar mot spegeln som nästan når från golv till tak och kröns med liten voilegardin, och kastar sitt ljus på det stora kolorerade fotografiet av Ragnar, älsklingsbrodern som dog.

Ett litet skrivbord får plats i takkupan som vetter mot söder, en soldränkt plats där lövskuggor fladdrar över ett bläckfläckat läskpappersunderlägg och en trave utländska lexikon. En låg hylla följer skrivbordets bakre kant med fack för brevpapper, kuvert, räkningar, urrivna tidningsartiklar och annat i komihågväg. Skrivbordet i kupan utgör hennes kontor där hon sköter sin korrespondens och allt skrivarbete för Fredrika Bremerförbundet.

Varje möbel har tilldelats en bestämd funktion. I kakelugnsnischen står en flaska vichyvatten och ett glas. Björkchiffonjén, vars klaff alltid står utfälld, används för personliga bestyr. Varje dag tömmer hon sin portmonnä över klaffen, brer ut slantarna och räknar dem. Det är här som hon för kassabok och skriver dagbok liksom alla små gratulationskort och hälsningar till vänner och släktingar.

Signes rum är inte särskilt stort men där finns allt som behövs. En mahognysäng, ganska smal med knopparna som ursprungligen prydde huvudgaveln, bortsågade av Folke. Ett sängbord där telefonen står, en apparat med vev som kan kopplas till ytterligare en telefon i hallen. Signe sitter nästan alltid på sängen och talar i telefon. Eller lyssnar på radion som inte får plats på bordet, utan står på golvet under sängbordet.

Ibland tassar ett barn in utan att knacka och klättrar upp i hennes knä. Då sänker Signe volymen på radion eller avslutar ett telefonsamtal och lägger pennan åt sidan en stund.

Vingar

BERLIN 2005. I ena handen håller jag Signes förkrigskarta och i den andra en nyinköpt. Så många år som ligger emellan dem, så mycket mänsklig smärta, världskriget, DDR-tiden ... De är minnen nu, redan gamla sår som inte finns markerade på min nya inplastade karta. Det finns ingen mur som delar staden, och inget minerat ingenmansland med skjutberedda vaktposter. Floden Spree ringlar över kartbladen i samma mjuka böjar och tågrampen som svingar sig högt över gatunivån syns som ett rött band på Signes karta och ett likadant, fast svart, tvärs över min nya. Stettiner Bahnhof där Signe klev av tåget från Sverige är ersatt med Nordbahnhof, nya motorleder har tillkommit men paradgatan Kurfürstendamm har samma sträckning och Zoo där djuren slet sig under bombanfallen ligger på samma plats.

Vid en snabb anblick ser den gamla kartan ut som min nyinköpta, men i verkligheten är staden en annan än den Signe besökte. På ett flygfoto från krigsslutet syns ett gigantiskt ruinlandskap med bombade och sönderskjutna hus. Vid återuppbyggnaden behöll man fasaderna där det var möjligt, och försåg dem med nytt innanmäte. ”Trümmerfrauen” kallades kvinnorna som arbetade i de sammanstörtade husens rasmassor. Ruinröjerskor. Ett begrepp som hör till krigets vokabulär. I turistshopparna vid Gedächtniskirche, ser jag dem på vykort. De knackar bort puts från tegelstenar så att de kan återanvändas, baxar skottkärror, fyller vagnar med rasmassor som körs på smalspårig räls utlagd på Berlins gator, lyfter, bär och släpar bort spillrorna från den förstörda staden. En del tippas i floden Spree, annat forslas till uppsamlingsplatser i Berlins utkant. I förorten Grunewald växer ett väldigt berg. Teufelsberg kallas det, djävulsberget.

Det blir kvinnorna som städar när kriget är över, som tvingas ta sig an denna till synes oöverstigliga uppgift. Deras män och söner forslas hem som levande döda från fronterna, har stupat eller försvunnit eller lemlästats, eller sitter fortfarande i fångläger. Kvinnorna finns kvar och gör vad som måste göras, de är i alla avseenden förlorare, om natten våldtagna som vedergällning, om dagen slavarbetande ruinröjerskor. Arbetet är tungt och farligt. Blindgångare kan när som helst explodera och ruinmurar störta samman. Förtjänsten är sextio, sjuttio pfennig i timmen plus ett extra ransoneringskort, en struntlön som blir livlina när pensionerna gått förlorade med kriget, liksom männen som försörjde familjerna. Barnen och mödrarna måste överleva, och deras tillvaro är en daglig jakt efter något att äta, någonstans att bo och något att elda med. De tränger ihop sig i ruinstadens vattendrypande källare. Småbarn och gamlingar plockar kol längs järnvägsspåren och hamnar i slagsmål om några potatisar. Bortemot sextiotusen ruinröjerskor lägger grunden till det Berlin som jag nu ser.

Det finns andra skillnader. Av Berlins hundratals synagogor före andra världskriget återstår sex. Jag ser små mässingsplaketter glänsa i stenläggningen i stadsdelen Scheunenviertel. ”Här bodde Berl Hirschfeld född år 1942. Deporterad 1943 Theresienstadt, mördad i Auschwitz” [Hier wohnte Berl Hirschfeld JG 1942. Deportiert 1943 Theresienstadt, ermordet in Auschwitz]. Berl var spädbarn när hon togs av Gestapo, och bredvid hennes plakett syns Ida Wielzynskis, som blev elva år. Gestapo gjorde razzior i husen och de judiska familjernas barn beordrades att infinna sig på gården. De slets från sina mödrar, slängdes upp på lastbilsflak och kördes bort. Berl och Ida var två av de 55 556 judar i Berlin som nazisterna mördade under kriget.

Berlin i lager på lager. Weimarrepublikens Berlin under mellankrigstiden; ett lysande bloss fram till nazisternas övertagande 1933, ett 1920-tal som saknar motsvarighet i Europa, som överträffar allt vad gäller konstnärlig skaparkraft, experiment och intellektuella utmaningar. Många blev framgångsrika och nådde en stor publik utanför Tysklands gränser, teaterns Bertold Brecht, Kurt Weill och Lotte Lenya till exempel, Walter Gropius, Ludwig Mies van der Rohe med sina nya formspråk, bildkonstnärer som George Grosz, filmaren Fritz Lang och författaren Thomas Mann för att nämna några. De träffades på Schwanecke, Romanisches Café eller Schlichter.

Besöker Signe något av de berömda kaféerna? I så

fall av nyfikenhet men knappast för att ta en öl eller träffa likasinnade. På Schlichter kan hon se författarna, konstnärerna och skådespelarna med egna ögon. Bertold Brecht till exempel, som synar henne likt en gammal pantlånare. Han älskar bilar får hon höra. Den amerikanska livsstilen lockar alla, särskilt vänsterfolk. John Heartfield finns där, fotomontagets mästare, klädd i tweedkavaj med pipa i munnen, och med det tagna amerikanskklingande namnet. Berlin vill vara Europas New York.

Signe lutar sig fram över bordet mot en ung blyg man som tycks vara turist och betraktare som hon själv.

– Man badar i fåfänga och pladder, viskar han.

– Inte bara, väl, invänder hon.

Hon ser honom anteckna något på en papperslapp som han sedan räcker till henne. *Oförenligheten i allt tränger sig på,* har han skrivit med vacker handstil. Innan hon lyft blicken från papperet kommer hon på vad han menar. Berlin förstås.

Det är till detta Berlin som Signe anländer våren 1930. Hon stiger ner på perrongen vid Grunewalds station med sjuåriga Lily i handen och beger sig till Ludwig och Janina som ska bli flickans nya fosterfamilj, efter att alla försök att spåra barnets släktingar visat sig resultatlösa. På Signes karta hittar jag krysset där de bodde, men huset finns inte längre kvar.

Det är en välmående villaförort jag har kommit till, med färgglada dagisbarn som klänger och klättrar på en mur intill stationen. Sekelskifteshus med torn och utsprång ligger inbäddade i vildvin och mellan högresta parkträd blänker en sjö. Jag släntrar runt med kameran i handen och tittar på måfå i sökaren. På muren vid stationen framträder plötsligt mörka skuggfigurer, urgröpta gestalter bortfrätta ur betongen. Det är ett minnesmärke jag ser. Grunewald var uppsamlingsplats under kriget och härifrån deporterades judar från hela Berlin med tåg till utrotningslägren i Polen. Nu leker barnen här och livet porlar i de dödas hålrum.

Signes Berlinkarta faller isär när jag vecklar upp den. Hon skaffar ingen efterkrigskarta för hon reser aldrig mer till Berlin. Efter andra världskriget finns ingenting kvar av det som var Signes stad. Hennes vänner har flytt eller mördats. Allt det som hon värdesätter är skändat och tillintetgjort. En knapp månad efter Hitlers maktövertagande sticks Riksdagshuset i brand, symbolen för demokrati med ett folkvalt representantskap. Nazisterna använder attentatet som förevändning för att hetsa mot kommunister och judar, och inför raslagar som berövar judarna deras medborgerliga rättigheter. Den 10 maj flammar bokbålen med böcker skrivna av samtidens stora tyska författare. Sotflagor förmörkar Berlins bleka majhimmel och jublande studenter låter sig hänföras när SA-trupper sträcker sina högerarmar mot lågorna på Opernplatz. Sedan kommer förföljelsen av judar i accelererande takt, från förbudet för judar att köpa glass, till förintelsen i nazisternas dödsfabriker.

Signe har ritat flera kryss på sin karta och jag försöker

lista ut vad de markerar med hjälp av hennes dagbok. Det första är enkelt, det visar var hon bor på sin resa före första världskriget. Hon är nitton år och har med sig sina dockor, är själv ett barn som nästan dagligen besöker djuren i Zoo som ligger i närheten. Jag vandrar omkring i kvarteren vid krysset på kartan och låter mig fångas av gatornas gröna stillhet. De påminner om Signes barndomskvarter i Stockholm, med stadsvillor omgärdade av smala planteringar och smidda staket.

Det andra krysset ligger vid Friedrichstrasse, i hörnet Mohrenstrasse. Det är där, i Pension Jaenicke som Lenin knackar på Signes dörr och ber om hjälp. Han fruktar att spioner ska tränga sig in på ett hemligt möte under natten, och ger Signe en lista med namn. Han ber henne stå i dörren och pricka av namnen och inte släppa in någon annan eller lämna listan ifrån sig – och om det blir nödvändigt, svälja den. Signe gör det han önskar, noterar besökarna och går sedan in i sitt rum och bränner listan.

Det sista krysset finns på kartans högra kant. *Buch* har Signe skrivit med en pil bredvid. Där bodde och arbetade Oskar och jag tar S-tåget dit, reser genom det forna Östberlin, fortsätter genom kolonistugeområden och prydliga villaförorter och går av i ett litet samhälle helt dominerat av sjukhus- och forskningsinstitutioner. Vad finns kvar från Signes tid, kan jag besöka Hjärnforskningsinstitutet där hon bodde som gäst under sina vistelser i Berlin? Jag blir stående på perrongen. En fallfärdig fabriksbyggnad på ena sidan, en informationskarta på perrongen som är kemiskt fri från något som liknar ett hjärnforskningsinstitut.

En bit bort hörs klockklang. En kyrka, en ledtråd, visst skriver Signe om den lilla barockkyrkan där hon smög sin hand i Oskars. Jag har fått upp ett spår. Bakom kyrkan en slottspark, stor och hemlig, som skapad för månskenspromenader. Här växer bok, lind, kastanj och nästan utblommad fläder. Vattendrag porlar, änder simmar och välvda träbroar förbinder vindlande stigar. Trädkronorna bildar ett tätt tak fyllt av fågelkvitter, och i dunklet skönjer jag hjärtan och namn inristade i bokarnas väldiga stammar. På en del är barken sårig och fullklottrad med oläsliga namn, men på andra går bokstäverna att tyda, B+P 1957 i ett hjärta, och L+W J+H 1949 i en ram. Nyristade bokstäver är lättläst smala, men i takt med att bokarnas stammar vuxit sig tjockare, har de gamla inskriptionerna blivit allt bredare. Plötsligt ser jag O+S 1932, feta bokstäver en bit över ögonhöjd. O:et syns tydligt, årtalet likaså, medan S:et är kantigt och svårtytt. Oskar + Signe 1932. Ser mina ögon rätt?

Strax bortom skogen låg KWI, Kaiser Wilhelm Institut för hjärnforskning, i Signes beskrivningar en dynamisk mötesplats med vetenskapsmän och gästforskare från hela världen. Men ingen person som jag möter i Buch har hört talas om det. Jag blir förbryllad. Handlar det om allmän historielöshet eller har glömskan andra orsaker? Ett krypande obehag får mig att tvärt avbryta besöket i Buch och i stället söka fakta.

Det visar sig att glömskan döljer ett av nazisternas vidrigaste projekt. Det var här, i forskningens själva hjärna, som slaget stod mellan de goda och onda krafterna. I den slutliga drabbningen mellan människans livsbärande kraft och den livsförstörande avgick Doktor Faustus med segern och sålde sin själ till djävulen.

Historien om hjärnforskningsinstitutet i Berlin-Buch börjar innan dess. Det byggdes som världens största och modernaste forskningscentrum, den skapelse av Oskar och Cécile Vogt som stod färdig 1928 och invigdes 1930. Det var deras visioner som präglade verksamheten. Ett vetenskapligt och socialt experiment och forskare från hela världen sökte sig hit, från Sovjetunionen och Amerika, Indien och hela Europa och inte minst Sverige.

Alla medarbetare, från chefen till städerskan, levde som en stor familj. Man åt middag ihop innan kvällens diskussioner eller sena arbetspass tog vid. Den gamla sjukhusbyggnaden intill, som från början var avsedd för klinisk forskning, användes som bostäder åt gästforskare med sina familjer och ett hundratal anställda.

Från 1933 raserades det sociala experimentet och latenta spänningar bröt ut i häftiga konflikter. Oskar anklagades för samarbete med utlänningar och judar och för att ha bildat en kommunistisk fraktion. Som chef försökte han i det längsta hålla stånd, men nödgades till slut ge upp. Både Oskar och Cécile tvingades lämna Buch.

Den nytillträdda institutionsledningen tog strupgrepp på hjärnforskningsinstitutet och verksamheten förändrades. Nazisternas så kallade rasforskning skulle nu ges vetenskaplig legitimitet. Inte bara judar, romer och homosexuella stämplades som ”undermänniskor” utan rätt att leva, även mentalsjuka och förståndshandikappade skulle utrotas. Medicinska experiment på mentalsjuka genomfördes och det så kallade eutanasiprogrammet, vilket innebar massmord på sjuka, inleddes 1937. Under kriget bedrevs forskning på hjärnor levererade från Auschwitz.

Nazisternas illdåd har kommit att skymma spåren från det tidigare så berömda hjärnforskningsinstitut jag söker, det som var Oskars och Céciles skapelse. Kretsen kring dem var en nagel i ögat på nazisterna, ett opålitligt sällskap att bevaka. Gestapos besök blev allt tätare. Razziorna genomfördes alltid nattetid.

DET NYBYGGDA hjärnforskningsinstitutet i Buch är en hel anläggning med institutionsbyggnader och bostadshus, som ännu inte är invigt när Signe besöker det första gången i slutet på 1920-talet. Hon vistas hos Oskar och Cécile någon vecka varje år och vänskapen fördjupas. Våren 1932 inträffar det som Signe i dagboken kallar för Undret. Signe och Oskar inleder sitt livsvariga kärleksförhållande.

Oskar sluter Signe i sin famn. Oskar, ett mörkblått namn, rullande som havet, djupt och tungt som havet. Det är i Signes kropp som hans namn får färg och hon fyller munnen med det och känner det flöda genom kroppen. Han tar ett steg tillbaka och Signe rycker till. Han sträcker fram sin hand och hon drar av sig höger handske och låter handen snudda hans.

– Välkommen till mitt nya hjärnforskningsinstitut!

Telefonen ringer och han går bort och lyfter luren. Orden krasar i hennes öron, Oskar försvinner ur det blå och blir mannen som tillhör andra, som hela världen vänder sig till med ständigt samma fråga: Högt ärade professor, kan hjärnan förstå hjärnan? Hon hör honom ropa till sin hustru: Cécile, kom hit!

Han tar av Signes kappa och hon känner sjalen glida

över nacken som en flyktig smekning. Hon tar av sin hatt, han blåser på en hårlock som fallit ner i hennes panna, hon ger honom hatten och han lägger den försiktigt på hatthyllan. Hallen ligger i dunkel. Ett hundskall, en vissling långt borta och pendylen på väggen slår fyra slag. En ljusstråle faller in genom det smala fönstret ovanför ytterdörren, och Signe ser dörren till matsalen glida upp och Cécile skynda fram. Blickar möts i spegelglaset. En hastig gest mot hår och klänning och Signe står beredd att hälsa. Ett leende, en kyss på kinden. Cécile tar Signe under armen och de går tillsammans upp för trappan. Oskar följer dem med blicken, Cécile, den äldre kvinnan som är hans hustru, kortklippt och sportigt klädd i ljusa linnebyxor, och Signe i sin mjuka klänning.

Cécile öppnar dörren till Signes rum, lutar sig mot dörrposten och slår ut med armen.

– Blir det bra så här, ler hon och drar upp ett cigarettetui ur byxfickan, sträcker det mot Signe och tänder själv en cigarett. Men Signe skakar avvärjande på huvudet, inte nu kära du ... och sätter sig i stället på sängkanten och snör upp sina skor, sitter tyst och låter blicken svepa över rummets möbler. Skrivbordet med stolen framför, emmafåtöljen klädd i grönblommigt tyg och lampan som står tänd intill, den lilla byrån och det stora klädskåpet i valnöt mittemot. Så välbekant, så många nätter hon har suttit här och skrivit, ett rum så fyllt av kvalfyllt återseende. Varför är hon här igen, varför lät hon längtan styra, varför kunde hon inte motstå detta besök i Berlin?

Det mörknar och trädens grenverk fylls av kajor som

kommer flygande från alla håll. Solen sjunker och Cécile går bort mot fönstret och öppnar det på glänt. Plötsligt far fönstret upp av en vindpust men Cécile står kvar och hennes tunna blus fladdrar i luftdraget. Hon röker långsamt medan kajornas skrän fyller rummet. Hon krossar cigaretten mot fönsterblecket och en kvast av glöd far upp. Sedan vänder hon sig om och betraktar Signe.

– Så du kom hit i alla fall.

Cécile skjuter igen fönstret och drar för gardinen. Hon väntar inte på någon förklaring för hon vet den redan, utan sätter sig på sängkanten helt nära Signe. En kylslagen arm runt Signes axlar, en vag gest av försoning och önskan om ett möte. De sitter tysta och inneslutna i tankar som skiljer dem åt. För att blidka Cécile, eller för att själv komma i balans, sträcker sig Signe efter handväskan och tar fram en liten flaska Jägermeister som hon köpt på båten från Sverige. Hon häller upp en skvätt i tandborstglaset, tar själv en klunk och räcker sedan glaset till Cécile. När flaskan nästan är urdrucken sprider sig värmen långsamt mellan dem och avståndet förbyts till bräcklig förtrolighet.

– Skål för Oskar, den gamle hypnotisören, skrattar Cécile.

Hon kastar en pil och Signe träffas. Det är sant att Oskar hjälpt Signe att komma ur sin melankoli efter skilsmässan från Folke. Hon har flera gånger besökt Alexanderbad just för att låta sig behandlas med hypnos, och som många andra av Oskars patienter kan hon vittna om ett gott resultat; Signe står på egna ben nu.

Hon är fri. Hennes dragning till Oskar har ingenting med hans hypnotiska terapi att göra. Den är någonting annat, något helt annat som hon aldrig kan tala med Cécile om. Ett snabbt överslag och hon väljer att besvara Céciles skål genom att falla in i hennes skratt.

Cécile lämnar rummet och Signe lyfter bort överkastet från sängen. Hon lägger sig för att vila, för att vara ensam en stund, för att tänka. I handväskan ligger Oskars inbjudan som hon läser ännu en gång. Brevet från Oskar, det efterlängtade brevet. Hon hade inte kunnat motstå hans önskan om att återse henne. Hon borde ha satt punkt och låtit bli att packa kofferten, men hennes erfarenhet av kärlekens sprängande kraft sa henne att ett sånt val inte var möjligt. ”Tror du att den som är stadd på älskogsväg låter tämja sig, tror du att den glödröda lidelsen kan vara tam”, hade hon skrivit bakpå biljetten när hon hade köpt den – som en uppmaning och ett försvar för sin resa – och lade efter en stunds tvekan till ytterligare en mening. ”Jag älskar dig också, Cécile.”

Ännu inga kärleksord. De behövs inte när ett samtal tystnar. När en hand nuddar en skuldra. Som av misstag eller kanske med avsikt när ivern att möta Oskar tar överhand. Nästa dag rör sig Signe sysslolös mellan de tomma rummen, nyper av några vissna blad från krukväxterna i fönstren, tar ut en bok ur hyllan och bläddrar utan att se och ställer sedan tillbaka den och tar en promenad utan annat mål i sikte än att vara tillbaka till middagen. När hon hör Oskars nyckel rassla i portlåset förändras hennes ansiktsfärg en smula.

När Cécile dukar ut kvällsteet och drar sig tillbaka försvinner också Oskar bort till sitt arbetsrum. Bara Signe blir kvar i vardagsrummet med sin bok. Hon sparkar av sig skorna och drar upp benen i soffan, sluter ögonen och lutar huvudet mot en kudde. Hon väntar på tystnaden och lyssnar till husets sista kvardröjande ljud innan natten tar vid; fotsteg som försvinner i trappan, kranar som vrids om och ljudet av brusande vatten, ett fönster som slår. Hon hör sitt eget hjärta bulta högt och hårt, och känner hur pulsslagen ökar för var minut som lider. Ännu en stunds väntan och hon sätter ner fötterna på mattan och smyger i strumplästen bort till Oskars arbetsrum.

Väntar också han, minns han överenskommelsen om ett sent möte? Hon öppnar dörren och ser honom sitta böjd över sitt mikroskop. Han arbetar koncentrerat och vrider på okularen utan att lyfta blicken. Han har nog glömt. Hon står tvekande kvar i dörröppningen. Betraktar Oskar i skenet från en skrivbordslampa. När hon gör en rörelse för att gå, sträcker Oskar ut en hand och vinkar henne till sig och bereder plats för henne att titta i mikroskopet. Hon lutar sig fram men ser ingenting och han hjälper henne att justera skärpan. Hon känner hans kropp intill sin.

– Ser du cellerna? frågar han.

Hans varma andedräkt mot hennes nacke. Hon skakar försiktigt på huvudet. Han står bakom henne med sin dressing gown uppknäppt, de är ensamma eller tror sig vara de enda som är vakna i det stora sovande huset.

Ett plötsligt ljud. En dörr öppnas på övervåningen. Öppnas och stängs. Sedan tassande tofflor från trappan. De lystrar, stannar upp och stelnar till.

– Pyramidala jätteceller, fortsätter han.

Han drar ut en stol så att hon kan sätta sig bredvid honom, och börjar berätta om vad han hittar vid sina undersökningar av Lenins hjärna. Han tog med sig tillräckligt många snitt efter obduktionen i Moskva för att kunna fastställa eventuella avvikelser från normalbegåvade hjärnor. I Lenins hjärna har han hittat ett stort antal osedvanligt stora pyramidala hjärnbarkceller, vilket skulle kunna tyda på en överlägsen mental förmåga.

Hon kväver en gäspning. Känner tröttheten komma och reser sig för att gå. Rättar till klänningen som glidit upp en smula och drar åt skärpet.

– När man beaktar de brott som Lenin har begått, måste man noga överväga vilken typ av hjärna som ska användas som referens, fortsätter han. En professorshjärna eller en förbrytarhjärna?

Hon har blicken fäst vid dörren, vid handtaget som ännu inte vridits om. Fotstegen har ännu inte närmat sig, de fortsätter bort mot köket, försvinner. Han griper tag i hennes hand för att hålla henne kvar och pekar på skåpen som står runt rummets väggar, höga skåp med glasdörrar och hjärnor i glasburkar på hyllorna, sorterade efter ålder och typ: franska hjärnor från sjukhuset Salpêtrière i Paris, elithjärnor inklusive samlingen av professorshjärnor, referensskåpet med förbrytarhjärnor samt skåpen längs kortväggen som innehåller sinnessjuka hjärnor som på sista tiden blivit fler än vad han behöver.

Han drar till sig en liten trälåda bredvid mikroskopet, och stoppar försiktigt tillbaka objektglaset med Lenins pyramidala jätteceller bland de andra mikroskopiskt tunna snitten.

– Nobelpriset, mumlar han. Geniets gåta är löst. Den heliga Graal är hittad och i kalken finns källan till det mänskliga geniet.

Han själv, professor Oskar Vogt, har funnit vad forskare i alla tider har letat efter.

Han märker inte att Signe har gått, att hon just nu fyller ett glas med vatten för att borsta tänderna. Det är en paradox att hjärnan skulle förstå hjärnan, tänker hon, och klämmer ut en sträng Stomatol på sin tandborste. Om den mänskliga hjärnan vore så enkel att förstå, skulle vi vara oförmögna att begripa det.

SIGNE, OSKAR OCH CÉCILE. En triangel med tre älskande. Eller två älskande och en utstött. Doktoranderna har gått och vaktmästaren städar undan efter föreläsningen. Oskar står kvar i strålkastarljuset och rör sig långsamt inom en snäv cirkel, är en självlysande solitär. Signe sitter kvar som sista åhörare, koncentrerat lyssnande, uppmärksamt betraktande Oskar på podiet, hör honom fortsätta en påbörjad utläggning och fastna i en ljusbåge, hör honom tala om hjärnans elektriska aktivitet som om han inte har upptäckt att publiken har gått eller som om han inte törs sluta sitt anförande. Cécile lyssnar förstrött. Växlar några ord med en kollega.

Oskar och Cécile. Ett nött äktenskap. Signe ser två kroppar som rör sig intill varandra men utan friktion. En bror och en syster eller två kolleger som går förbi varandra. Han kommer att lämna henne. Han är redan på väg bort. Vet Cécile det, känner hon det, ser hon att Oskar älskar Signe?

Signe iakttar Cécile för mycket, alldeles för mycket. Hon känner hennes smärta i sin egen kropp och det är hon, Signe, som tillfogar henne den, som efter år av gästfrihet sticker kniven i en vän. Hon är vinnare och förlorare, den lyckliga och den förtvivlade som sörjer Céciles sorg, oundviklig i detta drama. Signe hör Cécile gå av och an i föreläsningssalen, hör golvtiljor knarra och känner kylan från hennes skugga krypa upp genom fötter och ben. Cécile tränger sig på, kryper in i Signe och limmar sig fast. Hon frågar vänligt om Signe vill ha en kopp te och Signe spelar med, ja, tack kära du, så snällt av dig att tänka på mig ...

Signe förmår inte värja sig. Var det verkligen sant, det som Oskar hade förklarat för henne. Att han uppskattade Cécile som människa men absolut inte som kvinna. Hon var fullkomligt osinnlig, hade han sagt, och han hade flyttat ut ur sängkammaren mycket tidigt i deras äktenskap. Han hade understrukit att han faktiskt var en fri man att älska.

Det är Oskar som angår mig, intalar hon sig, inte Cécile. Men medkänslan vill inte släppa taget, utan skärper i stället hennes iakttagelseförmåga. Hon sliter inte blicken från Céciles kontrollerade rörelser; armen som skälvande sträcks ut mot tekoppen, ögonlocken som sakta lyfts och blicken som försvinner som i dis. Andningen, framförallt den. Cécile andas ångest. Hon törs inte dra in den drabbande atmosfären, förmår inte falla in i de långsamma andetagens säkra rytm. Märker Oskar något eller bländas han av ljuset som Signe likt en spegel återkastar.

Signe lämnar rummet och springer ut mot toaletten. Är Cécile min skugga, min tvilling, mitt andra jag? Hon som kallnade i en slocknande relation med Oskar men väcktes av hans brinnande känsla för Signe, och då börjar älska starkt och hett. Skakad sjunker Signe ned på toalettstolen och lutar pannan mot det svala handfatet, vrider på kranen och sköljer ansiktet.

Sent samma kväll råkar hon stöta ihop med Oskar. Det sker i kökstrappan intill det lilla ovala fönstret som sitter för lågt när man går, men som befinner sig i lagom ögonhöjd om man sätter sig ned. Månen syns och stjärnorna, om natten är klar. De stannar upp och sjunker ned på trappsteget intill varandra. Hans hand söker hennes. Han öppnar den och trär en ring på hennes finger.

– Du är min hustru, Signe.

– Det går inte längre, Oskar.

– Kärleken är det vackraste i våra liv.

Hon gömmer ansiktet i sina händer och han drar henne tätare intill sig.

– Vår kärlek är längtan, Signe. Eros är längtan och önskan.

Det tjänar ingenting till att blunda, mumlar Cécile när hon hittar spår efter Signe där de inte borde finnas. Men vad kan hon göra åt det. Be Signe vänligt och bestämt att ge sig av. Se till så att hon omedelbart packar sina väskor och reser hem. Gud, så hon avskyr Signe. Bara åsynen av hennes beundrande blickar mot Oskar när han håller sina långa utläggningar om sådant som Signe inte begriper, gör henne nästan tokig.

Hon snyggar till i vardagsrummet efter gårdagskvällen, medan Oskar har gått iväg för att föreläsa om deras gemensamma forskningsprojekt, patologiska förändringar i thalamus hos schizofrena. Cécile borde egentligen också ha deltagit, men varför ska hon stå där framför alla studenter och hålla god min. Inte bredvid den där bocken som hon råkar vara gift med. Oskar får slutföra projektet själv, Cécile tänker ta sin hand ifrån det, och då blir det väl som vanligt inte klart!

Cécile vill själv städa den här förmiddagen och har därför skickat ut hembiträdet att handla. Det vill säga, Cécile ska spionera och skaffa bevis. Men på vad? Hon stöter till pianot och slår igen pianolocket med en smäll. Kastar nothäftet i vedkorgen. Hon tänker inte höra på Signes patetiska pianospel en kväll till. Inte ens Oskar orkar ju lyssna på Signe, som tydligen helt saknar självkritik. Sätter hon igång att spela i kväll igen kommer Cécile att omedelbart lämna rummet.

Hon går en sväng genom sällskapsrummen som ligger i fil ut mot vägen. Det småduggar ute. Lite blått syns bakom molnen. En figur med paraply kommer gående långt borta. Inte Signe väl? Cécile står kvar och tittar, men personen viker av och försvinner. Tänk att Signe hade mage att sitta med fötterna i soffan och förklara för Cécile att kvinnor måste yrkesarbeta och ta eget ansvar för sina liv. Där sitter den där parasiten som aldrig själv förtjänat ett öre och predikar för Cécile, som alltid har jobbat och utbildat sig i åratal, vad kvinnor ska göra. Res härifrån och gör lite nytta själv, hade hon god lust att säga.

När kvällen kommer och middagen är avklarad går Signe fram till pianot, öppnar locket och tänder stearinljusen i de två lampetterna som sitter ovanför klaviaturen. Hon trevar efter nothäftet ovanpå pianot men hittar det inte, öppnar locket på pianopallen, men det saknas även där. Oskar tar ett litet språng till hennes hjälp, bläddrar bland tidskrifterna som belamrar klaffbyrån, undersöker om det finns i bokhyllan, böjer sig ner och letar under mattor och möbler. Cécile säger ingenting, tittar bara.

Lågorna fladdrar när Signe sätter sig på pianopallen. Hennes röda klänning glöder i det svaga ljuset och faller i skuggade veck mot golvet. Nothäftet är återfunnet. Oskar lutar sig tillbaka i fåtöljen och sluter ögonen. Signe lyfter sina händer och börjar spela. Cécile reser sig och lämnar rummet.

Musiken tränger igenom trossbotten och in i sängkammaren där Cécile sitter vid fönstret och tittar ut i mörkret. Hon försöker att inte lyssna. Varje ton får hennes blottlagda nerver att kvida. Hon pressar handflatorna mot öronen, lägger sig på sängen med kudden över huvudet, men ingenting tycks kunna hålla Signe ute. Cécile klamrar sig fast i kudden, kramar den i förtvivlan och slår på den med knytnävarna.

Plötsligt inträder en förändring och Cécile uppfattar först inte vad det är. Musiken har tystnat. Hon sätter sig upp. Signe spelar inte längre. Det är tyst. Vad är det som händer därnere, vad har de för sig? Hon spänner sin hörsel till det yttersta och hör några ord växlas men sedan bara den jämrande, hjärtlösa tystnaden.

BERLIN 1933. RESEVÄCKARKLOCKAN har ännu inte ringt men Signe är klarvaken och överväger huruvida hon ska gå ner och äta frukost eller ligga kvar i sängen och läsa. Hon bestämmer sig för både och, stiger upp ur sängen och stoppar boken i morgonrocksfickan och går ner för att äta frukost. Hela hennes varelse är på språng och hon lägger band på sig för att inte skutta, dansa eller hoppa nerför trappan och bort till köket. När hon sedan går in i matsalen med en kopp te i ena handen och ett franskbröd i den andra, upptäcker hon att Oskar redan finns på plats. Han sitter djupt försjunken i morgontidningarna och tycks inte lägga märke till Signe. Hon stannar och tvekar, ska hon gå fram och störa honom eller gör hon klokast i att slå sig ner en bit ifrån? Hon drar försiktigt ut en stol när Oskar ropar:

– Vill du inte veta av mig, Signe?

Hon släpper genast stolen och skyndar bort till honom. Bordet är belamrat med tidningar, Rothe Fahne, Berliner Tageblatt och Völkischer Beobachter om vartannat. Hon makar plats för tekoppen, sätter sig och väntar på att han ska läsa färdigt och stör honom inte med onödiga frågor som om han har sovit gott eller drömt. Inte heller Oskar frågar, han nickar välkomnande men dyker genast ner i sitt läsande igen. De sitter tysta båda två. Signe väntar på kontakt. Plötsligt slänger han ifrån sig Völkischer Beobachter.

– Inte en rad om vår genetikkonferens! Han knycklar ihop tidningen och slänger den på golvet. Förbannade nazisvin! Oskar reser sig och går med häftiga steg fram och tillbaka.

– Hör du det, Signe, ropar han. Inte en rad trots att jag tog mig tid att själv visa runt och fjäska för dem.

Signe ryggar tillbaka. Visst känner hon hans hetlevrade sinnelag, men att det ska drabba honom denna deras första morgon tillsammans hade hon inte väntat sig. Hon pekar på de andra tidningarna som båda har stora artiklar, Rothe Fahne och Berliner Tageblatt som uppmärksammar att judinnan Estera Tenenbaum fått stipendium från Rockefeller Foundation för att arbeta på Oskars hjärnforskningsinstitut.

– Lugna dig, manar Signe, gör ingen stor sak av det där.

Men det är just detta, att nazisternas propagandatidning förbigår konferensen med tystnad medan de andra två publicerar helsidor, som bekymrar Oskar, som gör honom rädd och utlöser hans vrede. Hans institut har knappt öppnat förrän dess existens är hotad. Vänsterpressens uppmärksamhet är en björntjänst. Ju fler amerikaner och judar som Oskar kopplas ihop med, desto riskablare.

Det enda som hörs är regnets smatter mot fönstren när Cécile träder in i matsalen en stund senare. Hon möts av två betryckta personer som knappt tittar upp när de ser henne.

Cécile tänker strategiskt. Det finns fler dagstidningar än de som ligger på bordet. Det är inte för sent att agera, konferensen börjar först i morgon. Vilka vänner har vi i tidningsvärlden? Vilka forskningsprojekt står högst i rang? Vi koncentrerar oss på de tyska vetenskapsmännen, föreslår hon, utländska forskningsresultat är knappast gångbara idag.

Signe lyssnar, försöker delta och hjälpa till, men när hon kommer med kloka synpunkter viftas de bort. Vi är i Tyskland nu, Signe, inte i ditt trevliga Sverige! Varken Oskar eller Cécile har tid att lyssna på henne, det är bråttom nu, de har bara någon timme på sig om de ska kunna få några journalister att komma.

Signe lämnar frukostbordet. Hon går in i badrummet och tar en kall avrivning för att klarna tankarna. Vad är det egentligen som pågår? Varför utlöser en utebliven artikel i en marginell tidning en sådan vrede? Oskar överreagerar. Beter sig som en barnunge. Visst begriper Signe att Hitlers maktövertagande är problematiskt, men ingen människa tror ju att ett sånt där pöbelparti kan sitta kvar. Men uppenbarligen känner sig både Oskar och Cécile hotade. De är trötta helt enkelt, och utarbetade. Har tappat proportionerna för saker och ting.

Nästa dag anländer de inbjudna forskarna med sina familjer och inkvarteras i institutionsområdets tomma sjukhusbyggnad. Oskar fördelar sängkläder ur linneförrådet och gästerna tar sjuksal efter sjuksal i besittning.

Cécile tar hand om pressen och visar de nybyggda institutionerna. Ja, det är riktigt, svarar hon en journalist, att en klinisk verksamhet ska kopplas till vår forskning. Det finns fyrtio sängplatser som ännu inte har tagits i bruk.

Vid middagen sitter alla samlade kring det stora bordet i matsalen, institutets egen personal och alla de utländska gästerna med sina familjer. Återseendets glädje gör stämningen uppsluppen, man talar om gamla minnen och fyller sina glas. Oskar ställer sig upp med ett vinglas i handen. Hans yviga vita hår liknar en strålkrans när han talar med utsträckta armar till de församlade.

– Här arbetar kvinnliga och manliga forskare sida vid sida. Vi ska samarbeta över nationsgränserna och förena vår samlade kunskap till mänsklighetens nytta. Rum har vi gott om, en hel sjukhusbyggnad full med salar och sängar står till ert förfogande. Låt oss fördriva kvällarna med gott öl och diskussioner om hjärnor och gener, filosofi och musik!

Applåder. Skratt. Men plötsligt far dörren upp och två män i svarta uniformer träder in. *Schutzstaffeln* ropar de, slår ihop klackarna och gör hastig honnör. De önskar tala med professorn och det gäller en ordningsfråga. Oskar stelnar till och försöker avvärja besöket men de båda SS-männen nonchalerar hans invändningar och börjar i stället skriva upp de närvarandes namn och nationalitet. De vandrar längs varsin sida av bordet, från den ena middagsgästen till den andra, frågar och antecknar: Timoféeff-Ressovsky, ryss och chef för den genetiska avdelningen, Elena Alexandrovna, jaså fru Timoféeff-

Ressovsky är också genetiker, Morgan, amerikan och ärftlighetsforskare, Goldschmidt, tysk ... Och jude förstås, inflikar SS-mannen och gör en notering i sitt block. När de lämnar matsalen och den ene överlämnar sina anteckningar till den andre, uppfattar Signe några ord, ... bara judar och kommunister, precis vad vi misstänkte.

Det är tyst i rummet. Maten har kallnat på tallrikarna, glasen står orörda och några gäster gör ansatser att gå. Till och med Oskar har tystnat och sitter hopsjunken vid bordets kortsida. Men inte Cécile. Hon reser sig plötsligt och hennes ansikte flammar av upprördhet när hon riktar sig mot Oskar.

– Här har du och jag kämpat i åratal för att skapa vårt hjärnforskningsinstitut, och så kommer några stroppar som vill skrämma oss. Ni har alla blivit vittne till vad som pågår i det här landet, men för Oskar och mig är det ingenting nytt. Ryck upp dig Oskar, fyll i glasen för nu ska vi fira! Trots allt har vi lyckats och vi ska vara stolta över det. Glöm inte att det är vi, den stora internationella vetenskapliga familjen, som bär framtiden!

För första gången har Signe konfronterats med det nya Tyskland. Det svarta gardets terror med dödskallar som mössemblem. När Cécile mitt i natten rycker upp dörren fullt påklädd med kappa, hatt och väskan i handen är det som om Signe har väntat på henne.

– Vi måste genast härifrån. I droskan får Signe klart för sig att Oskar är bortförd av Gestapo.

INGENTING I FORSKNINGSSALARNA visar sig vara vandaliserat när Signe och Cécile återkommer på morgonen efter nattens flykt. De möter en rödögd Oskar som inspekterar skåp och lådor efter att ha suttit i förhör hos Gestapo hela natten. Cécile hjälper genast till, slänger av sig ytterkläderna och tar fram penna och anteckningsbok ur en skrivbordslåda. Hon följer Oskar från skåp till skåp beredd att anteckna om något saknas. Signe släntrar efter, handfallen och trött men mest orolig för att Oskar farit illa.

– Vad hände i natt, undrar Signe.

– Gestapo letade efter Béla Kun. Trodde han gömt sig här.

– Blev du misshandlad?

– I helvete heller. Men de stal spriten, den 96-procentiga.

– Hittade de honom?

Oskar svarar inte.

– Och Lenin?

– Han har klarat värre attentat än det här.

Utan att någon av dem har märkt något, står plötsligt en man helt nära. Han omfamnar Cécile och Oskar på samma gång, och presenterar sig sedan för Signe:

– Béla Kun. Revolutionärt villebråd och före detta ungersk partiledare.

Cécile borstar bort damm från hans skrynkliga kostym. Det syns att han tillbringat natten i ett trångt och skräpigt utrymme någonstans.

– Tack för varningen, fortsätter han och riktar sig mot Oskar. Gestapo tycks gilla din hjärnforskning.

Béla Kun gör sig beredd att gå. Lägger en arm kring Oskars axlar och för honom åt sidan. Hans närvaro är alltför riskabel för att bli långvarig, men innan han går måste han överlämna viktig information. Ett råd, en uppmaning till Oskar som inte går att bortse ifrån.

– Lämna Buch och Kaiser Wilhelm Institut, viskar han, och bygg dig ett nytt hjärnforskningscentrum. Sätt igång medan det ännu finns tid.

Ett slag i solarplexus, ett hugg. Nyss var segern vunnen – Oskar hade lyckats bygga upp sin hjärnforskning till höjder som ingen trodde var möjligt – och redan nu är hans livsprojekt förlorat. Den ena framstående forskaren efter den andra ger sig av, lämnar Tyskland, emigrerar. Oskar har blundat och inte velat se vad som pågår, inte ens lyssnat till sin egen dotter som redan packar sin väska för att flytta till England. Det är Cambridge som är vetenskapens Mecka, påstår hon, inte längre Berlin. Snart har en hel generation tyska vetenskapsmän lämnat landet.

Var går gränsen för vad en människa kan utstå? Orkar Oskar uppamma den kraft som krävs för att bygga upp ett nytt hjärnforskningscentrum ... han är redan sextio. Han kommenterar inte Béla Kuns uppmaning, yttrar inte ett ord. De båda männen lämnar huset, går åt varsitt håll och försvinner i duggregnet.

Vem är mäktigast i dagens Tyskland, större än Hitler själv? Finns det någon som Hitler är beroende av? Det är en sådan beskyddare och finansiär som Oskar måste skaffa sig. Redan innan han har tänkt tanken klart vet han vem han söker. Kruppkoncernen förstås, Tysklands rustningsindustri. De har tidigare finansierat hans verksamhet, och de ska göra det igen. Men läget har förändrats. Kruppkoncernen utgör den ekonomiska maktfaktorn i nazismen. Själva hjärtat.

Frågor inställer sig. Allting har ett pris och hjältar är sällan rena. Det påstås att Oskar knuffade Goebbels nerför trappan när denne kom på besök för att avskeda judiska medarbetare – en skröna kanske, men som ändå förmedlar hans hjältestatus. Oskar må ha varit modig antinazist, men att han skulle ha klarat sig utan hållhakar förefaller osannolikt.

Sedan många år hade Oskar varit familjen Krupp von Bohlens privata läkare. Han visste allt om familjens innersta hemligheter, som homosexualitet och neurologiska problem. Oskar hade kunskap om Tysklands högst uppsatta familj, som var ytterst känslig. En hållhake förstås, men en tyst sådan som både Oskar och Kruppfamiljen var medvetna om.

Hållhakar, tjänster och gentjänster – vad vet man. Oskar var en ansedd professor och forskare och kanske räckte det för att ge honom beskydd.

I DE ANTECKNINGAR som Signe gör på 1930-talet kan hennes kärlek till Oskar följas dag för dag som en följetong, om än i kortfattad version. Men det finns förvånansvärt nog inte en enda anteckning om Hitlers maktövertagande, den pågående upprustningen i Tyskland eller judeförföljelserna. Ändå bor hon i Berlin under flera månader varje år. Naturligtvis vet hon vad som pågår. Hon talar flytande tyska, läser dagligen flera dagstidningar och vistas i en miljö där politiska och vetenskapliga diskussioner är själva den vitala syresättningen. Hon är väl medveten om politiska risker, antecknar aldrig något av vikt och läser brev mellan raderna. På några få ställen under de här åren framskymtar något annat: ”21 juni 1933. Oskars dotter kom på natten till Hotel Nordland. Måste bränna papper.” Vad som har hänt som får dottern att söka upp Signe, framgår däremot inte. Nästa dag står det: ”Reste Prag. Måste fly från Berlin.”

Ju närmare man kommer krigsutbrottet i hennes dagböcker, desto fler namn dyker upp – förnamn, aldrig med efternamn. Senare återkommer samma namn på människor som lämnat Tyskland och bor i Stockholm under kriget. Rosenvik blir en mellanstation på väg mot Amerika men ett fåtal flyktingar stannar i Sverige. De flesta ville vidare och skapa sig en ny tillvaro i det nya landet på andra sidan Atlanten. Som Janina och Ludwig med sina barn.

September 1936. Signe ser dem redan på perrongen i Berlin-Buch, en pälsklädd kvinna med två barn vid handen och en man i hatt och vinterulster. Det är lördag och höstmarknad och sommarhettan hänger över grönsaksstånden. De släpar på varsin resväska. Vinterklädda främlingar bland Buchs husmödrar som fyller sina korgar med grönsaker och frukt. Alla lägger märke till dem. Mannen som banar väg för kvinnan och barnen och pustar i trängseln och värmen.

Signe som kommit från Berlin med samma tåg känner först inte igen dem men när de visar sig vara på väg ut till Hjärnforskningsinstitutet som hon själv, upptäcker hon att det är Janina och Ludwig med Lily och lille Max. Hennes första impuls är att springa fram och krama dem, men så hejdar hon sig. Hon måste vara försiktig och inte dra på dem onödig uppmärksamhet. I stället varna dem. Förklara att Oskar redan är utnyttjad till bristningsgränsen och tar allt större personliga risker. Både Oskar och Cécile står beredda att fly från Buch vilken dag som helst.

– Vad har hänt? viskar hon till Ludwig.

Han skakar på huvudet. Han ska berätta när de kommer fram. Lille Max kinkar i hettan. Signe lyfter upp honom på armen och gräver i klänningsfickan efter en karamell.

– Vi brukade kalla huset för Petit Trianon, med betoning på Petit, börjar Ludwig berätta redan när de hänger av sig ytterkläderna. Det liknade originalet, lustslottet i Versailles. Fast mindre förstås. Ett enklare hus, inte 1700-tal, men det var *vårt* slott, mitt och Janinas lilla lustslott där näktergalen brukade sjunga i maj. Förresten kan det göra detsamma nu när det inte finns mer. Nazisterna satte eld på det och villan brann som en blåslampa. En dånande eldkvast sprutade gnistor över hela trakten, och först när det var utbränt kom brandbilarna med påslagna sirener.

Cécile kommer in med en saftbricka och familjen bänkar sig runt bordet och dricker ur sina glas under tystnad. Lily lyssnar rak i ryggen medan Max nickar till som om han när som helst skulle somna med huvudet mot bordsskivan.

– Vi visste att det skulle ske, frågan var bara när, fortsätter han. Kanske inte att nazisterna just skulle bränna huset, men både jag och Janina visste att vi förr eller senare skulle tvingas på flykt. Ändå blev vi tagna på sängen när det var dags. Oförberedda. Ur stånd att packa. Vi tog med oss varsin sked, gaffel och kniv och lite kläder. Inte mer än vi kunde bära i varsin väska. Vi lämnade allt matsilver och allt husgeråd, det ärvda Meissenporslinet med guldkartuscher och vardagsservisen och bronspendylen med sin glaskupa på chiffonjén.

– Och flygeln, viskar Janina nästan ohörbart, men drar sedan ett djupt andetag och fortsätter berätta.

– Jag vaknade plötsligt mitt i natten av ett väsande

konstigt ljud och satte mig upp i sängen. De är här nu, viskade jag till Ludwig, men han vände sig bara om och fortsatte sova. På morgonen satt obehagskänslan kvar. Jag intalade mig att det var en dröm bara, och smög försiktigt upp ur sängen utan att väcka honom. Jag visste att han skulle vakna strax, dra upp knäna och vicka lite på fötterna som vanligt. Klockan var inte sex än så jag smög ut, gläntade lite på dörren till barnens rum och såg att de ännu inte vaknat. Max hade vägrat gå till lekskolan den senaste veckan och igår kväll när kvällssagan var avslutad och jag just skulle släcka lampan, började han gråta. Du luktar jude, hade barnen skrikit och sedan fortsatt reta honom hela dagen utan att fröken ingrep. Ingen ville leka med Max utom Viktor som också blivit retad. Jag torkade hans tårar med en flik av lakanet, tröstade honom förstås, men kände mig så, vad ska jag säga ... rädd.

– Förbud för judar att lyssna på radio, fyller Ludwig i, att köpa blommor, att åka spårvagn annat än på bakre plattformen. Jag försöker att inte ta vid mig, men förbud läggs till förbud och blir en snara som obönhörligt dras åt. När en ny skylt kom upp vid vår station med texten *Vi vill inga judar ha i vår vackra förstad,* förstod vi att det blivit dags att lämna Tyskland.

När Janina lyfter över Max till en soffa, smyger också Lily försiktigt bort och börjar knäppa på sin fiol, men svagt så att hon inte stör.

En stor flicka för att bara vara tretton, noterar Signe. Så bra det blev med fosterhemsplaceringen hos Janina och Ludwig som Oskar hjälpt till att ordna. Nu reser de väl till Amerika som alla andra, och Lily kommer att försvinna ur sikte.

Janina och Ludwig fortsätter att tala och den ena tar vid där den andra slutar. De berättar om det svaga morgonljuset som inte når ner i köket i källaren och hur olusten griper tag i Janina på nytt. Hon tänder taklampan och häller snabbt upp vatten i en kastrull som hon sätter på spisen innan hon springer upp. Hennes obehag stegras till en klaustrofobisk känsla och hon måste plötsligt bort, lämna huset, vad som helst bara hon kommer ut. Ytterdörren är låst och hon fumlar med nyckeln och sparkar på dörren innan den glider upp och väl ute sjunker hon ner på trappstenen. Det är som om all kraft har lämnat henne och hon gömmer ansiktet i händerna och tar några djupa andetag. När hon suttit så en stund och börjat huttra i morgondimman, reser hon sig och drar morgonrocken tätare omkring sig och går ned för att hämta tidningen i brevlådan vid grinden. Hon halkar på ett äpple i grusgången och känner hur ännu ett äpple krasar mot toffeln. Först då ser hon vad som hänt och får nattens främmande ljud förklarade. Det stora äppelträdet ligger nedsågat med drivor av frukt på gräsmattan. Hon känner rädslan strömma genom ben och armar och ropar på Ludwig men orden fastnar i strupen. Hon står stilla, vittrar som ett villebråd, andas ljudlöst och upptäcker när hon vänder sig om att alla fruktträd är fällda. Astrakanen, skuggmorellen och spaljén med de söta persikorna … Hon vet vad det betyder. De måste ge sig av.

När förlamningen släpper, störtar hon mot huset och springer in i rummet där barnen fortfarande sover. Hon sliter dem ur sängarna och tvingar på Max hans kläder. Lily klär sig snabbt och springer genast nedför trappan, men Max sätter sig på tvären. Janina måste dra och knuffa honom ner och in i köket. Seså, skynda dig och sluta skrik! Rädslan gör henne brysk och får Max att gråta. Det är bråttom, de måste iväg.

Lily försöker få plats med några småsaker intill fiolen i fiollådan, och Max lägger sin nalle i ryggsäcken tillsammans med en serietidning och pennskrinet som luktar cederträ. Han lägger två samlarbilder i ytterfacket som han bytt till sig av Viktor, den ena med en grön BMW-sportbil och den andra med Jesse Owens som tagit fyra guld vid Berlinolympiaden. Janina stoppar ner varsitt smörgåspaket innan hon drar igen ryggsäcken och hjälper honom att kränga den över axlarna. Hon fiskar snabbt upp bilden av Jesse Owens ur ytterfacket och slänger den i kaminen. Den är för farlig, mumlar hon utan att Max märker något. Han är redan på väg ut, fylld av förväntan inför den utflykt som pappa har utlovat. Lily går mot grinden med Janina i handen, båda tysta och utan att låtsas se vad som hänt i trädgården.

Det är dags för Ludwig att låsa huset. För sista gången ska han stänga dörren till sitt lustslott. Han dröjer sig kvar. Ekporten är skodd med mässingsplåt nertill och han synar dörren med nyckeln i handen: Namnskylten som Janina håller blankputsad. Portklappen med lejonhuvudet som har en ring i käften. De båda pelarna som borde målas om, på varsin sida om entrén. För sista gången sticker Ludwig nyckeln i låset och vrider nyckeln två varv.

De lämnar sina väskor på institutet i Buch för att söka upp en sedan tidigare vidtalad advokat. Det gäller i första hand Max. Pojken måste föras i säkerhet i Amerika, medan Lily borde kunna få komma till Signe i Stockholm.

– Max måste adopteras bort, förklarar advokaten. Om det finns några villiga föräldrar, vill säga. En ekonomisk fråga givetvis, förklarar han.

Max sitter med Janina i väntrummet medan Ludwig förhandlar med advokaten. En ampel lyser svagt i taket. De sitter i varsin fåtölj med ett bord emellan sig. Ett askfat och en hund av porslin står på bordet. Väggarna är mörktapetserade. Janina tänder en Camel. Max rotar i ryggsäckens ytterfack. Han tar fram kortet med en grön BMW-sportbil och letar efter Jessie Owens. Hon drar ett halsbloss. Han öppnar ryggsäcken helt och hållet och gräver med båda händerna. Mamma tar fram sin näsduk ur handväskan och torkar Max tårfyllda ögon. Hon krossar cigaretten och tar pojken i knät.

– I Amerika finns det hur många kort som helst på Jessie Owens, tröstar hon.

– Följer du med, frågar han.

– Jag kommer sen, svarar hon.

Den 19 maj 1937 anländer Max till Göteborg, och reser tillsammans med sin nya familj till New York med en av Svenska Amerikalinjens båtar. Ett år senare blir det Ludwigs tur, men varken Janina eller Lily beviljas inresevisum av de amerikanska myndigheterna.

SNART SES DE, snart ska de mötas och Signe vika undan med blicken när Oskar ser på henne. Hon sitter i den randiga röda fåtöljen i hotellobbyn. Kanariefågeln i buren bakom henne har tystnat som om också den väntar. Kolelden i den lilla kaminen brinner fortfarande medan den stora spegeln mittemot entrén väntar på att röja ännu en besökares ankomst som kommer att få palmens smala långa blad att gunga. Med ett hemligt litet leende i mungipan låter hon blicken glida mellan spegeln och palmen.

Vet hon att hon är iakttagen, att Cécile sitter gömd i ett inre rum.

Signe tittar på klockan. Varför kommer inte Oskar? Fick han förhinder i sista stund, ställde Cécile till en scen och lyckades förhindra deras möte? Hon reser sig och går bort mot fönstret som vetter mot gatan och drar undan en flik av den röda sammetsgardinen. Det snöar ute. Tunga flingor faller och smälter mot trottoaren. Hon ser paraplyer och fötter som kryssar mellan vattensamlingar, svarta galoscher i snöslasket och nätta pampuscher likt hennes egna bruna med pälsbräm, men hon ser inte Oskar. Hon följer Friedrichstrasse med blicken så långt det är möjligt och granskar varje droska som kommer tillräckligt nära. Ännu ingen Oskar.

Cécile drar sig undan bakom den stora trattgrammofonen när Signe går mot fönstret. Hon vänder sig bort och gömmer ansiktet bakom en uppdragen sjalett. Också Cécile tittar på sitt armbandsur. Har hon misstagit sig? Är det inte Oskar som Signe väntar på? Kanske allt är inbillning, kanske är det Céciles egen fantasi som har skenat iväg. Hon blir illa till mods. Den sista tiden har hon varit stram, för att inte säga elak mot Signe. Svarat på tilltal, men korthugget, nästan oförskämt kort. Fräst till ibland och låtsats som hon inte hört när Signe undrat över något. Hon har inte sagt rakt ut att Signe ska ta tåget raka vägen hem, eller bett henne lämna Oskar ifred. Men tänk om hon tar miste, om hennes svartsjuka fantasi spelar henne ett spratt, om det är så att Signe träffat en helt annan man som hon, av skäl som inte angår Cécile, vill möta diskret. Är det därför hon klär upp sig var och varannan dag, och till och med sätter färg på läpparna? Cécile grips av en allt starkare obehagskänsla. Hon måste genast lämna hotellet. Men hur ska hon ta sig härifrån utan att bli sedd?

Signe vinkar till sig en kypare och beställer en kopp kaffe. Hon följer med honom bort till bardisken för att välja ut en kaka trots att hon minst av allt är hungrig. Det blir en bit sachertårta, säkert inte så god som i Wien men den får duga, och kaffet doftar kaffe, inte surrogat. När hon är klar ska hon avboka rummet om inte Oskar har dykt upp, vill säga.

Plötsligt ser hon sig själv i klart ljus; en kvinna som

sitter i evigheter och väntar på att en man ska behaga komma ... Har hon ingen stolthet kvar. Signe är på väg att bli hans älskarinna, den mest hunsade av alla kvinnogestalter, en person som inte kan ställa krav och som tvingas älska på någon annans villkor. Är det detta liv som väntar henne, att hon ska smyga med sin kärlek, fiffla med sanningen och underordna sig Oskars tillfälliga sexuella behov – och kanske det värsta: bedra Cécile som är hennes mångåriga väninna, generös, gästfri och en verkligt intressant person. Det känns redan obehagligt att bo hos dem som gäst. Cécile tycks redan ana vad som pågår.

Det har nu gått en timme efter avtalad tid. Cécile har lämnat hotellet utan att bli igenkänd. Signe sväljer en sista tugga av sachertårtan och bestämmer sig för att lämna resten, samlar ihop sina saker och ska just avboka rummet då hon kommer på det självklara. Naturligtvis ska hon skriva in sig i hotelliggaren, hämta ut nyckeln och ta in på rummet precis som hon kommit överens med Oskar om. Cécile är ju varskodd om att Signe är bortrest till i morgon. Hur Oskar kommer att förklara att han aldrig infann sig, struntar hon faktiskt i.

Hon ser honom inte först där han ligger på sängen med slutna ögon. Hon tänder lampan och han spritter till, reser sig och kommer henne till mötes. Hon låter sin kappa glida av, och sedan klänningen. Så står de länge, tysta och tätt intill varandra innan de sjunker ner på sängen. Ljuset från gatans neonreklam faller in genom fönstret som röda och gröna skuggor. Hon vilar huvudet mot hans arm och han trycker sitt lår mot hennes lår, andas långsamt, lugnt och somnar nästan.

– Min Oskar, viskar hon.

Det finns ett litet barskåp i rummet och en radioapparat. Han reser sig, slår på radion och hämtar en flaska Schnaps och fyller ett spetsglas som han ställer mellan hennes bröst. Hon skrattar och smuttar på spriten medan han trevar efter en cigarr i kavajen som ligger slängd på golvet. Han röker långsamt och betraktar länge hennes nakna vita kropp, vrider upp radions volym och låter Isoldes aria fylla hotellrummet. Väldiga vågor lyfter sängen och sätter deras cellmembran i rörelse. De gungar drömlikt, overkligt mot höjdpunkten.

– Tristan och Isolde, viskar Signe. Du och jag med svärdet mellan oss.

– Wagner, skrattar Oskar, Hitlers favoritkompositör.

BERLIN, VÅREN 1937. Ett våldsamt oväder har drabbat staden med strömavbrott och spårvagnsförseningar som följd. I Buch är gatubelysningen släckt och de många institutionsbyggnaderna som vanligen lyser med tända fönster nästan dygnet runt, ligger nu nedsläckta runt den stora fyrkantiga grusplanen. Som i krig, tänker Signe när hon tittar ut.

Kvällen är redan sen när Signe drar bort överkastet från sängen, men där stannar nattsömnens förberedelser. Signe kommer inte att kunna somna, sådant vet hon vid det här laget, hon kan vara intill döden trött men ändå inte kunna komma till ro.

Hennes tandborste står torr i tandborstglaset, hårnålarna är ännu inte bortplockade ur den tunga hårknuten och nattlinnet som hon köpte inför Tysklandsresan ligger fortfarande under kudden. Hon sätter sig i den grönblommiga fåtöljen för att genast resa sig upp och trampa runt i rummet, fastnar vid fönstret en stund och tittar på månen som dyker fram mellan molnen likt en varningslampa och sedan snabbt försvinner, sjunker ner på sängen och släcker den lilla läslampan, tänder den på nytt och trampar sedan runt igen. Det finns en oro i huset som knäpper och knakar i väggar och trappor.

Kolkaminen som tändes för flera timmar sedan flammar plötsligt upp när vinden dånar i pipan och tjuter genom det otäta fönstrets springor. Här finns ingen vila, ingen ro. Hon sätter sig vid skrivbordet och låter huvudet falla ner mot skrivunderlägget, känner tårarna komma med kvidanden och snyftningar och släpper sedan fram den djupa gråten. Hon sitter länge kvar på samma sätt tills ångesten sakta släpper.

Ett avgörande beslut har värkt fram. Signe ska lämna Buch. Det kan omöjligt fortsätta så här, hon ser ju hur Cécile lider. Vad har en människa för rätt att skada en annan människa? Hur djupa sår, hur stor smärta är det möjligt att åsamka i kärlekens namn. Hon går bort till handfatet bakom bambuskärmen med kineserierna, och sköljer sitt svullna ansikte. Hon måste lämna Oskar, sin stora djupa kärlek. Ta avsked från själva livet.

Är det så att de stolta självförnekande besluten sällan genomförs, undrar hon långt senare när hon tänker tillbaka. Något kommer emellan, en fot vrickas eller telefonen ringer med ett besked i en annan riktning, eller något helt annat händer, som i det här fallet. Som i det här livsavgörande fallet.

Hon drar fram en stol till klädskåpet för att nå sin resväska som ligger ovanpå, knuffar till den och lyckas få fatt i handtaget innan den far i golvet. Klockan har passerat tolvslaget. Hon har gott om tid att packa och ta en droska till Stettiner Bahnhof innan det tidiga morgontåget avgår till Sassnitz och färjan till Sverige. Hon ska smyga ut och lämna huset utan några upprivande avsked. Helt enkelt bara försvinna, och sedan skicka ett brev till Oskar och Cécile. Eller bara till Oskar ... eller varsitt brev.

Stormen har bedarrat, gardinerna fladdrar inte längre i vinddraget och kaminen verkar ha slocknat. Hon öppnar luckan och häller ner några kol och undrar om elden kommer att ta sig, borstar bort lite koldamm från klänningen och står en stund obeslutsam och undrar vad hon först ska ta itu med. Hon hämtar en näsduk och torkar kinderna från tårar och bestämmer sig för att börja med att tömma byrån. Hembiträdet har lagt ner hennes underkläder omsorgsfullt vikta och strukna. Hon lyfter upp en rosa liten kamkofta av sidencrépe som hon fått i julklapp av Oskar och lägger den över sina axlar. När hon tittar sig i spegeln och stryker med handen över det mjuka sidentyget bryter tårarna fram igen, och hon märker därför inte genast att dörren slängs upp och Cécile stormar in, frustande av raseri. Hon tar ett språng bort mot Signe och kastar sig över henne.

– Du, din hycklerska, väser hon, jag ska ...

Cécile hejdar orden, liksom handen som är beredd att slå. I stället sliter hon loss kamkoftan och slänger den i kaminen, slår sedan upp dörren till klädskåpet och kastar Signes kläder i resväskan som ligger uppslagen på sängen.

– Ge dig av, skriker hon. Packa dig iväg bara!

Signe hukar sig. Famlar efter något att luta sig mot

eller sätta sig på, men hittar inget och sjunker i stället ner på golvet. Hon känner svetten flöda under blusen och börjar skaka. Detta hade hon inte väntat sig. Låt mig förklara, viskar hon, vilket är den enda mening som hon lyckas pressa fram. Men Cécile hör inte eller vill inte höra utan fortsätter att vräka ner alla Signes tillhörigheter i resväskan, skor, underkläder, dagbok, bläckhorn, silkesstrumpor ... allt i en enda röra med det blå bläcket rinnande över kläderna.

Trots två skilsmässor, sina föräldrars oräknad, har Signe aldrig varit med om något liknande. Visst har det sagts hårda ord, men aldrig någonsin med ett sådant vettlöst raseri. Hon sitter med ansiktet gömt i händerna och vågar inte titta upp förrän det är tyst i rummet. En månstrimma faller in genom fönstret och bort mot sängen där Cécile ligger med slutna ögon. Från sin plats på golvet ser Signe Karlavagnens bleka stjärnor, men inte riktigt hela stjärnbilden.

Signe och Cécile hör samtidigt stöveltramp på gårdsplanen, ett numera välkänt ljud. Därefter hundar som gläfser, befallningar utdelade med höga röster och dörrar som slår igen. Gestapo är här, viskar Cécile, när steg närmar sig i trappan. De reser sig och går ut i den övre hallen och möts av Oskars upprörda ordväxling med en polis. Signe genomfars av ett raseri lika bländvitt som ett blixtnedslag när hon hör polisen ryta. Hon tränger sig fram. Knyter handen framför hans ansikte, den lilla handen som inte är skapad för annat än kyssar, och ber honom ögonblickligen lämna huset. Hon möts av hans hånleende och den svarta pistolen i hans behandskade hand.

Det är dags att lämna Berlin för gott.

Oskar och Cécile tar med sig merparten av sitt forskningsmaterial inklusive den del av Lenins hjärna som Oskar smugglade från Moskva. I Neustadt nära Freiburg står ett nytt hjärnforskningsinstitut färdigt att ta emot dem, finansierat av Krupp och Rockefeller Foundation. Lenins hjärna fördelad på tusentals millimetertunna snitt på objektglas, placeras i ett särskilt rum dit endast Oskar har nyckel.

Oro

MÖRKRET TÄTNAR ÖVER Europa. Två av Signes barn, Anders och Helga, befinner sig utomlands och hennes oro för ett kommande krig stegras. "Människor här hemma ha tittat på mig med ögon, som om de menade att jag var rubbad, när jag på deras fråga svarat att mina barn fortfarande var utomlands", skriver hon.

Hösten 1938. I München skakar Hitler och Chamberlain hand: Aldrig mera krig. Men bara om Tyskland tillåts annektera den tyskspråkiga del av Tjeckoslovakien som kallas Sudetlandet. Europas statsmän håller andan – eller gör de det? Råder det någon tvekan, det lilla Sudetlandet i utbyte mot hela Europas fred. Den 1 september 1938 är förhandlingen avklarad och världen tror sig ha kommit billigt undan. Bara tjeckerna har en annan uppfattning.

Sängen, telefonen och skrivbordet. Det är där det mesta av Signes arbete sker. Barnen är i stort sett vuxna, dagliga vardagsbestyr har krympt till ett minimum och hushållerskan Anna behöver inte längre komma alla dagar i veckan.

"Här är så tyst, så tyst", skriver Signe. "O, här är så olika mot förr då hela Rosenvik skallade av unga röster, hastiga steg och skratt. Jag måste arbeta för att inte hänge mig åt smärtsamma drömmar och längtan. Jag liksom knäpper händerna hårt, hårt i min ensamhet och ber på mitt sätt om lycka för barnen och Oskar. Och om mod för mig själv. Tro inte att jag är ledsen – nej, det är bara så ovant och underligt."

Det blir Fredrika Bremerförbundet som får det mesta av hennes tid, särskilt sedan hon har valts till ordförande i förbundets Stockholmskrets. Inte ens tjugo år har gått sedan den kvinnliga rösträtten infördes, och ännu behöver allt göras för att jämställdhet ska uppnås. Utbildning till exempel. Förbundet bygger själv en skola där kvinnor lär sig sådant som tidigare var förbehållet män; att tala offentligt, hantera en ordförandeklubba, driva politik och arbeta i nämnder. För inte så länge sedan stod hon under manligt förmyndarskap, faderns eller den äkta mannens. Nu ska hon våga stå själv, och bli en "medborgarinna".

Flickor måste få samma rätt till utbildning som pojkar. Men motståndet är hårdnackat. Nästan obetvingligt. Hösten 1938 lägger Skolöverstyrelsen ett förslag att 220 teoretiska timmar för flickor ska tas bort, för att ersättas med obligatorisk hushållsundervisning. Ett steg fram och två tillbaka. Pojkar ska slippa konkurrens från flickor. Kvinnor ska tillbaka till köken. Provokationen är oerhörd och Signes kinder flammar av raseri när hon läser Skolöverstyrelsens PM. Fredrika Bremerförbundet planerar omgående ett protestmöte.

Den förtvivlade hösten 1938 kulminerar med Kristallnatten i november. Allt fler tjecker och judar flyr till Sverige, och flyktingfrågan blir brännande. Inom Fredrika Bremerförbundet blir det skarpa motsättningar, och Signe skriver den 16 november 1938:

”I Fredrika Bremerförbundet är det min strävan att få verkligt goda aftnar med innehåll, som kan ge någonting. Jag har liksom kommit ett trappsteg högre på den sociala trappan, sedan jag blev ordförande i Stockholmskretsen. Flyktingproblemet anser jag vara tidens allra svåraste och sorgligaste. I fredags hade vi i Fredrika Bremerförbundet vårt möte i flyktingfrågan. Hetsigt. Min roll var oerhört svår. Jag var klämd mellan sköldar – å ena sidan brann hjärtat – å andra sidan visste jag, att jag som ordförande och representant för Stockholmskretsen, måste väga varje mitt ord på guldvåg. Jag fick både klander och beröm. Somliga menade att jag borde ha klubbat ned ett par talare, som tog för starka ord i sin mun – andra sade, att ingen kunde taktfullare sköta en ömtålig situation än jag. I ett sådant här fall kan man inte vara alla till lags.

Igår hade jag ett långt samtal med byråchef Bergström på Socialstyrelsen. Så vänlig mot mig men föga hopp. Stackars Bergström, han är också nerbruten av sin svåra situation. Hans hjärta bjuder honom att ta emot de stackars människorna, men hans ämbetsplikt förbjuder honom. Efter kriget [första världskriget] tog dock vårt land emot cirka 2 000 ryssar – det tänker ingen på nu, och det märks inte.

Sedan en vecka kan jag just inte tänka på annat än

judeförföljelserna i Tyskland. Min smärta kan inte uttryckas i ord. Fruktansvärda underrättelser strömma in. O, man skäms för att vara människa!

För min del tror jag att nazisterna nästa gång ger sig på katoliker, och så de evangelistiska. Bara för att visa sin makt och sitt hån mot all annan gudomlighet än staten = deras stat."

NÄR HELGA, TJUGO år, vinkar adjö från Göteborgståget för att fortsätta med båt till England, kan ännu ingen föreställa sig hur obevekligt Europa ska närma sig en katastrof. I början av september 1938 reser hon till England för att studera konst hela hösten och sedan ta tåget genom Tyskland och fortsätta sina studier i Italien.

Breven från Signe till Helga är dramatisk läsning, ett stycke historia om man så vill, men också en orolig mammas fåfänga försök att hantera sin levnadsglada unga flicka. En del är ”farliga brev” som innehåller uppgifter som inte får komma i tyskarnas händer, och som Signe därför ber att få återsända när de är lästa. Brev är ingenting man bara kastar, inte Signe i alla fall och det är därför de finns bevarade.

Helga har knappt hunnit fram till Dublin där hon ska bo, förrän hon blir ombedd att komma hem. Därefter följer en orolig höst.

Den 13 september 1938 skriver Signe: ”Min älskade unge. Europa svävar mellan krig och fred. Sedan England å sin sida meddelat Hitler, att en invasion i Tjeckoslovakien omedelbart betyder att England vid Frankrikes och Rysslands sida, förklarar Tyskland krig, och sedan

Hitler i gårdagens stora Nürnbergtal tydligen förklarat att han icke tänker låta sina tyska folkkamrater i Tjeckoslovakien lida längre, utan ämnar hjälpa dem "äntligen", är spänningen och rustningarna i samtliga länder oerhörd. Jag relaterar fakta. I Sverige är alla regementen beredda på mobiliseringsorder, visserligen hemlig – men det vet alla.

Skulle det verkligen gå så illa, att det blir världskrig så måste Du komma hem genast. England och Irland får då ont om mat och kan ej ha gäster, och Din uppgift blir då här hos oss, i Blå Stjärnan. Men frågan är hur Du ska komma hem. Vattnen kring England, Irland och Tyskland m.fl. blir ögonblickligen belagda med minor. Säkert fortare än man hinner blinka. Allra bäst vore att försöka komma med en båt till Bergen (eventuellt Oslo, men bäst Bergen i Norge). Den sträckan är naturligtvis mindre farlig för minor än de andra. Det går säkert båtar till Bergen från Dublin, annars Liverpool. Det allra bästa vore dock att flyga men det går nog ej. I England och på Irland tar staten genast hand om alla flygplan – där kan ingen passagerartrafik längre komma i fråga. Återstår svenska och norska flygplan, om de inte beslagtas av staten. Men då blir det sådan rusning efter platser att det troligen inte går. Nej, den enda möjligheten blir nog båt till Bergen. Och det så kvickt som möjligt.

OBS. Det är inte min mening att oroa eller skrämma Dig, men det är bäst att Du vet, vad Du skall göra, så fort underrättelse om krig i Centraleuropa kommer. Ty då följer dagen därpå, att England är med. Ännu finns det hopp om att Hitler ska hejda sig, men det ser mörkt ut. Kanske det dock klarar sig, och därför ber jag dig inte redan i dag att komma. Men blir det så illa, så telegraferar jag, och skickar också pengar per telegramremissa, så har Du dem på ett par timmar. Antagligen skriver jag i morgon igen – jag har försökt få ett samtal om denna sak med Din pappa, men har ännu ej fått fatt på honom!

Att Du är modig och lugn, det vet jag. Men dumdristig är ett fel att vara, och det felet har Du ej, därtill är Du alltför klok. Om Sverige blir indraget i ett eventuellt allmänt världskrig, vet man ju ej. Men säkert dröjer detta en smula. I alla händelser måste vi alla vara på våra poster och arbeta för vårt land. Ännu lever en gnista hopp.

Hur ängslig jag är för Vogts, kan jag inte säga. Men kanske kan jag skriva ett lugnare brev i morgon med gladare nyheter. Det får man hoppas."

Medan Signe ser ett nytt världskrig rycka allt närmare, tycks Helga trivas alldeles utmärkt på sin konstskola och inte ha en tanke på att komma hem. Hon ska ju vidare till Italien när terminen är slut och ta tåget genom Tyskland – därav Signes oro för att brev ska komma i tyskarnas händer. Kanske har hon inte ens öppnat alla Signes brev, utan bara returnerat dem i nya kuvert med en lapp att hon mår bra. Vem vet?

Den 26 september 1938: "Jag är så glad, att Du upplever så brokiga ting och har roligt. Men Du förstår, att frågan om krig eller icke krig i dessa dagar är den stora frågan, som överskuggar allt annat. Denna vecka blir ju Europas 'ödesvecka'. I fredags sedan det blev bekant att Tjeckoslovakien mobiliserat, var här en ohygglig spänning. Men samtidigt meddelas president Roosevelts underbara vädjan, som han i natt sände till England, Frankrike och Tjeckoslovakien, att icke uppge förhandlingar, att intet problem är så svårt, att man inte kan lösa det genom förnuft i stället för våld. Tack gode Gud, att det på jorden ännu finns en mäktig man som har hjärta och förstånd! Nog är kriget nära, men kanske Hitler ej vill gå på som hitintills, då han märker alla de andras fasta hållning, då han ju i själva verket redan för en vecka sedan fick löfte om de sudettyska områdena utan svärdsslag. Detta blir ju avsevärt billigare för honom än ett krig. Ja, ännu kan man blott vänta. Men håll Dig beredd. Alltså en norsk (icke en engelsk) båt från Newcastle. Svara på min fråga om pengar. Resan Dublin–Stockholm kostar ju cirka 200 svenska kronor. Nu får man se om det blir av."

Den 28 september 1938. "Sedan jag skrev till Dig för ett par timmar sedan, har Hitler inbjudit Chamberlain, Daladier och Mussolini till möte i München i morgon. Så har vi fått hopp igen. Tro inte att jag är virrig, det är jag inte. Men situationen ändras från timme till timme, och det är gott att veta. Jag har känt mig i en svår konflikt. Skulle läget ännu en gång bli lika mörkt, som det var i dag på morgonen, så tror jag ändå att jag ber Dig resa. Jag härdar inte ut med den ångesten en gång till. Just nu andas man ju emellertid ut. De flesta utlänningar tycks ju ha lämnat England. U.S.A. har hämtat sina undersåtar från England på stora fartyg, och haven har delvis redan belagts med ”hinder”, vilket tillkännagivits, ehuru ej vilka hinder. Sedan två timmar tror jag igen, att det hela skall lösas utan krig, men veta kan man ju ej. Vad säger Mrs Robertson? Ja, i Guds namn, stanna och avvakta ännu en tid. Nu tror jag igen, att det skall gå bra.”

Utom sig av oro skickar Signe samma dag iväg ytterligare ett brevkort: ”Molnen hopa sig, men ännu kan det klarna. Skaffa dig en gasmask – gör det som säkerhetsåtgärd. Det är klokt. Du vet, att London blir mest utsatt, men även andra större städer, fabriker, befästningar, skolor m.m. Dess mer enslig landsbygd, dess mindre fara. Sök så lantliga vägar som möjligt på din väg till Newcastle. Vad säger man i Dublin? Kanske, ja, jag tror att det är bäst att Du reser hem. Jag är så orolig.”

Signe våndas och ängslas. Plågas om dagen av rastlöshet och om natten av sömnlöshet. Städar undan skräp på vinden, något som visserligen är påbjudet men som ännu inte är aktuellt för kvarteret där hon bor. Alla i Stockholm måste göra vindsröjning för att eventuella bomber inte ska antända husen så snabbt, och skräpet körs bort på stans bekostnad. Den populära artisten Jahr har sjungit in en munter visa om vindsröjning, som hörs från högtalare på lastbilar över hela stan. Alla husägare ska dessutom ordna skyddsrum och skaffa gasmasker.

”Allt det här, är en av de många följderna av Tjeckoslovakiens fall och alla är oroliga och rädda för Hitler, åtminstone nästan alla. Vem står på tur nästa gång", undrar Signe. Men innan frågan har fastnat på pappe-ret, får hon nyheter från Amelie Posse i Tjeckoslovakien, vilka hon vidarebefordrar i ett brev till Helga.

Den 21 oktober 1938. "Jag tyckte nog, att Du inte lät så glad som vanligt den här gången. Det blir bra att Du sänder hem de "farliga" breven. Laga att du har rena och pressade kläder, då du lämnar Dublin.

Amelie Posse har skrivit ett långt brev till vännerna här. Hon är förtvivlad, och så är alla i Tjeckoslovakien. Landet minerat, lamslaget, har bara att lyda order från Tyskland. Nöden och själva morden lär vara fruktansvärda i Tjeckoslovakien. Amelie blir nog svensk medborgare, men vill tills vidare stanna. Hon tycker att hon kan hjälpa och trösta litet i Prag, och så vill hon ej fara så långt bort från sönerna. De är ruinerade, åtminstone sannolikt.

Bettan [Signes svägerska] som varit på besök i Lickov berättade bl.a. följande: Majoren i byn sade att allt var lugnt, han visste just då intet nytt, men var just på väg in för att höra radion och kvällsnyheterna. Bettan gick upp på slottet och i biblioteket fann hon alla samlade för att lyssna på radion. Allesammans grät. Stod tysta och grät. Amelie hade fallit ihop på golvet och storgrät. De hade hört regeringsförklaringen: 'Vi är alldeles ensamma. Alla våra vänner har övergivit oss. Vi kan ingenting göra mot övermakten.' Den kvällen var det Masaryks dödsdag. På förmiddagen hade Amelie och Bettan smyckat kapellet med blommor, och de tjeckiska soldaterna hade lovat komma och sjunga såsom de förut hade bestämt. Snyftande sjöngo de Masaryks älsklingssång, en folkvisa i form av växelsång.”

HELGA KOMMER VARKEN hem under hösten eller till julen som i övrigt firas som vanligt med resten av familjen. Så fort helgerna är över tar Signe tåget till Oskar i hans nya hjärnforskningsinstitut i Neustadt i södra Tyskland.

Som så ofta när Signe anländer, ligger Oskar sjuk. Hans ögonlock är tunga och ögonen halvslutna och hon sätter sig försiktigt intill hans huvudgärd och viskar hans namn. Utan att tala öppnar han sin ena hand och Signe ser tecknet och förstår vad han vill och lägger sin hand i hans. Draken sitter på andra sidan om sängen – det är så hon kallar Cécile i dagboken. Hon sitter stilla, sitter rak i ryggen med bevakande blick. Cécile förändras, får en taggig kontur, blir en annan med vass blick och gäll röst – ett nödvändigt hot som håller spänningen vid liv.

Men det finns också en stilla vila som genomsyrar Signes kärlek till Oskar. Den lugna vardagens rytm. Den djupa kärlekens tillit.

”För ögonblicket sitter jag i Oskars arbetsrum, medan han håller på i andra sidan av rummet vid sitt mikroskop. Rummet är stort, liksom avdelat i många rum genom de väldiga skåpen med hjärnpreparat. Jag sitter i hörnet med den väldiga utsikten genom de helt fönsterklädda väggarna. Åt tre håll ser jag landskapet breda ut sig. Snön har smält så gott som helt och hållet under de sista dagarnas plötsliga varma töväder. Den ligger nu bara kvar som fläckar och band i landskapsbilden. Belysningen växlar varje minut. På himlen, som tycks så stor och samtidigt så nära, drar molnmassorna förbi i ständigt nya formationer. Här och var i den allvarliga skogen som kantar bergen och vars kärva doft jag inbillar mig insupa ända hit, lyser små glada gläntor likt vänliga ögon. Och det bästa av allt – jag hör hela tiden hur otaliga överflödande bäckar frusta och brusa fram, fyllande alltihop med en glädjesång. Det har varit massor med snö som smält ned och nu rinner bort i bäckar och forsar och fall, som skaffar sig väg överallt. Jag tror, att något av mitt väsen virvlar med i detta vilda lopp. Osynliga vingar bär mig över alltsammans, och jag vet, att jag är en del av denna jord och denna himmel. Hur liten denna del än är, så är den. Jag tillhör det hela, och det hela tillhör mig. Jag vill inte filosofera, inte måla, knappast dikta och tänka – jag endast förnimmer. Jag känner mig lycklig."

Brev från Signe den 18 januari 1939.

DEN STORA FOTOKOPIA som hittades i Anders kvarlåtenskap efter hans död för några år sedan föreställer en ung kvinna. Hon tillhör dem som ... Hon sitter naken på en sängkant och spelar fiol. Anders hade ett stort mörkt lockigt hår och leende ögon. Oemotståndliga. De smalnade ibland och fick ett fräckt begärligt drag. Var som besatta av ständigt nya kvinnor. Det står inget namn på baksidan av fotot, bara ”Motto Violin” och att bilden är tagen med hans Baldina som han köpte 1938 i Berlin där han jobbade som volontär i en reklamfirma. Kanske är det Lily, som finns omnämnd i hans anteckningar från tiden i Berlin. De omfamnar varandra på en parkbänk i Tiergarten trots att de inte får sitta på den, det vill säga *hon* får inte sitta på den för hon är judinna. *Förbjuden för judar* står det på en gul skylt, medan han som visserligen också är jude, kan sitta på bänken helt lagligt eftersom han är svensk medborgare. Vad då jude, brukade Anders säga. Heljudar, halvjudar, kvartsjudar ... jag befattar mig inte med sånt där nosande efter blodet.

De tar en risk, det vill säga *hon* tar en risk, kanske för att hon är kär i Anders eller så låtsas hon bara vara kär i honom eftersom hon vet att han kan bistå henne att fly och det är hennes sista chans att lämna Tyskland.

*

Efter de två första provspelningarna har Lily kommit med till slutomgången. Det var många sökande till Musikkonservatoriet i Berlin, men nu är det bara ett fåtal kvar som väntar på sin tur att spela upp. Väntan känns lång, nästan outhärdlig. De sneglar på varandra. Hälften ska gallras bort. Nervositeten vibrerar i luften och regnet trummar mot takfönstren. En fiol stäms i rummet intill och en skalövning spelas allt snabbare. I övrigt ekar tystnaden. De flesta är i Lilys ålder. Några känner varandra och samtalar viskande, skrattar plötsligt för högt och ser sig omkring med handen för munnen. En dörr hörs slå igen och en annan öppnas.

Lily har spelat fiol nästan så länge hon kan minnas. När hon kom som fosterbarn till Janina och Ludwig, de nya föräldrarna, var musikinstrumenten det första hon såg. Den stora konsertflygeln i vardagsrummet och kontrabasen som stod lutad mot väggen. Silverflöjten som hängde i ett rött band med mandolinen bredvid. Hon stod förstummad och tittade. Ludwig lyfte upp sin fiol ur ett fodral som inuti var klätt med grön sammet, vek undan en mjuk flanellduk och räckte fiolen till henne. Hon stod överväldigad med den i famnen utan att veta vad hon skulle ta sig till, och lade försiktigt ner den på mattan och knäppte på strängarna. Ludwig hartsade stråken och gav den till henne så att hon fick pröva. Så liten och få spela på något så fint. En känsla så fylld av förtroende hade hon aldrig tidigare erfarit. Det är en fransk fiol, sa

Ludwig och höll den mot ljuset så att hon kunde kika in i den. På en gulnad etikett stod det *Derazey*.

Det var Ludwig som lärde henne spela. Han skaffade henne en liten kvartsfiol, såg till att hon höll stråken i ett riktigt grepp och lärde henne stämma. Strängarnas namn och fingrarnas placering kunde hon snabbt, och snart också spela enkla melodier. På kvällarna när middagen var klar kunde det hända att alla tre spelade tillsammans, Janina på flygeln och Ludwig och Lily på varsin fiol. Hon drömde om en framtid som violinist.

Nu har hon påbörjat sin väg dit. Blir hon antagen till Musikkonservatoriet är det sedan raka vägen till Operan eller någon symfoniorkester. Lily lyfter upp fiolen, rättar till axelstödet och stämmer den en gång till, övar skalor och spelar *sul tasto* högt upp på greppbrädan för att få en spröd, skir och viskande klang. De är bara några få kvar som väntar. Hon gör sig beredd att ropas in och känner hjärtat klappa fortare.

När lillebror föddes började Lily ta lektioner hos en fiollärare. Kvällarna då familjen spelade ihop blev alltmer sällsynta och upphörde så småningom helt. När hon vid ett fåtal tillfällen besökte Signe i Sverige tog hon med sig fiolen. Signe brukade sluta ögonen och lyssna länge.

Plötsligt förändrades allt. Ludwig reste till Amerika och hon fick hans franska fiol i avskedspresent, den som heter Derazey. Ludwig grät och Lily grät och Janina sörjde sin konsertflygel.

Lily Karmin! Vaktmästaren ropar upp hennes namn. Det är hennes tur nu. Hon vandrar med fiolen i handen genom den stora konsertsalongen bort till scenen på andra sidan. Stråken skakar i hennes hand. En grupp herrar i intagningsnämnden väntar där framme. Hon vet hur lätt stråken hoppar på strängarna när hon är nervös. Hon stiger upp på scenen och niger djupt. Viskar fram sitt namn. Stämmer och slår upp nothäftet. Både Mozart och Mendelssohn gick bra i de tidigare uppspelningarna, men nu är det Brahms hon ska spela. Sextondelarna som nyss rann så snabbt och rent genom hennes fingrar hakar upp sig, kanske inte fullt märkbart, men ändå ... Tack! Nämndens ordförande höjer handen. Hon kan gå. Man har lyssnat och gjort anteckningar och Lily Karmins öde ska nu avgöras. Hon mumlar ett adjö men vågar inte fråga när ett besked kan väntas.

Porten bakom henne slår igen med en duns. Så är det gjort. Gatstenen blänker efter regnet och hon vandrar missmodig hemåt med en allt tyngre fiollåda i handen. När spänningen släpper kommer tårarna. Hon går gråtande trottoaren fram och passerar spårvagnshållplats efter hållplats. Efter en stund lugnar hon sig, torkar ansiktet mot kappärmen och stiger upp på en spårvagn. Griegakademien i Bergen verkar mycket roligare, intalar hon sig i ett försök att slå bort sin oro. Varför inte strunta helt i klassisk violin. Pröva någonting nytt, andra musikspråk som tillhör hennes egen tid. Tolvton och jazz, det är sånt hon vill lära sig, och då är inte Musikkonservatoriet i Berlin rätt plats. Schönberg till exempel. Kanske Anton Webern. Lily vill spela modern musik på radikala scener där vanligt folk har råd med biljett.

*

I ateljén står luften stilla. Han rör sig långsamt i hettan och går barfota med öppen skjorta. Tillvaron är inte så tokig, konstaterar han och drar vällustigt in terpentinlukten när han slår upp en skvätt i en gammal konservburk. På staffliet står en nypreparerad duk uppställd och Anders doppar penseln i utspädd umbra och ska just börja skissa då posten kommer. Inget brev från hans fästmö i dag heller, utan bara från Signe. Han ids inte öppna det, han vet redan vad hon skriver, att han ska lämna Prag och resa upp i bergen och andas frisk luft som är bästa botemedlet mot tuberkulosen, att inte glömma att den vänstra lungan fortfarande är svag även om han känner sig stark, att han ska sluta röka och tänka på att sköta sig och så vidare. Ständigt dessa förhållningsorder som irriterar och stör. Hennes brev nöter på hans självkänsla. Hon reducerar honom till ett barn trots att han ska fylla tjugofyra. Han sätter en kastrull med vatten till kokning och häller några teblad i en mugg. Knackar ur sin pipa mot ett askfat och stoppar den på nytt. Går av och an i obalans fast han inte ens har öppnat Signes brev. Eller just därför. Han sliter upp kuvertet med pekfingret, tänder pipan och börjar läsa.

Inte ett ord om hans tuberkulos, i stället avslutas brevet med en uppmaning att han ska lämna Prag medan tid är och resa till Berlin.

”Måtte det nu bara inte braka ihop och bli krig, och alla våra ljusa drömmar går i putten – blir det så, är det slut på allt," skriver hon, "åtminstone för tjeckoslovakerna som sitter mitt emellan den av Hitler hotade polska korridoren och det rojalistiskt kuppande Österrike–Ungern. Var än luntan sätts till kruttunnan kommer tjeckerna att dras in, det är i varje fall säkert. Just nu ser det mycket farligt ut – mänskligheten är vansinnig och glömsk."

Signe ska alltid måla upp det värsta och vältra över sina känslor på barnen och hela omgivningen. När Signe oroar sig är det som om hela Djurgården skakar. Han knölar ihop brevet till en boll som han kastar mot en fluga i fönstret. Vad menas. Ska han fly på något sätt? Aldrig att han lämnar ateljén nu när han äntligen har kommit igång med målandet.

Nästa morgon löser han en tågbiljett till Berlin och söker arbete hos den reklambyrå som Signe föreslår i sitt brev. Tills vidare kan han bo på Pension Krauskopf som han känner till sedan tidigare, ett typiskt Berlinpensionat i en ombyggd gammal sekelskiftesvåning.

*

Lily väntar på ett antagningsbesked från Musikkonservatoriet som inte kommer. Hon gör just ingenting annat än väntar. Tar upp fiolen ibland och spelar ett stycke men lägger den sedan ifrån sig. Håglösheten sprider sig i hennes kropp likt en sjukdom, hon sover länge på morgnarna och vaknar trött och det enda hon orkar företa sig är att stå i kö till speceriaffären, inte för att hon vill utan för att hon tvingas till det – judar är förbjudna att handla matvaror förutom en kort stund varje dag.

Lily går ogärna ut, men just denna dag, en kall och osedvanligt blåsig höstdag då vinden river i trädkronorna är hon tvungen att göra ett ärende. Hon försöker springa ifatt en spårvagn men fastnar med klacken i en av skenorna och faller omkull. En man som står på släpvagnens bakre plattform ser vad som händer och hoppar av i farten. Han hjälper henne på benen, och med hans axel som stöd linkar hon med trasig strumpa och klacklös sko till trottoaren.

Det vilar något bekant över honom. Lily sneglar mot hans ansikte. Visst har hon mött honom tidigare … Plötsligt ser hon vem det är som hjälper henne. Anders! Hon har inte träffat honom på flera år. Så egendomligt att stöta samman i en storstad som Berlin, så roligt, vilken oförtjänt tur!

De slår sig ner på ett kafé vid Bahnhof Zoo, ett skamfilat rökigt ställe med soffor i sprucket konstläder. Så amerikansk han ser ut, tänker hon, med pipa i munnen och håret bakåtstruket, klädd i trenchcoat och med en kamera över axeln. Han beställer varsin kopp kaffe och till deras förvåning serveras de riktigt bönkaffe i stället för det blaskiga surrogatet som de är vana vid.

Så snygg hon är, tänker han, med baskern nerdragen i pannan och rödmålad mun. Knappast någon barnunge längre.

De går igenom vad som hänt sedan de senast sågs. Lily tänker börja spela jazz, eller … hon vet inte riktigt, kanske Schönberg eller nånting sånt. Anders har just kommit från Prag. Tagit vägen om München på väg till Berlin.

– Konstnärstillvaron är ingenting för mig, tillägger han. Inte här i Tyskland i alla fall, det fick jag klart för mig i München när jag besökte de stora tyska konstutställningarna. Har du varit där?

Lily skakar på huvudet. Är han ovetande om vad som pågår här i Berlin, begriper han inte att en sån fråga är en ren provokation. Som judinna skulle hon vägras inträde, så är det ju överallt och hon kan knappast visa sig ute längre.

– Den nazistiska konsten har två källor, pornografi och militarism. Anders lutar sig bakåt i soffan och suger på pipan, medan Lily gör ett tecken på att han ska sänka rösten.

– Det var enorma målningar med nakna män och kvinnor där inte ett enda litet hårstrå var bortglömt. Han berättar upphetsat och indignerat.

– Som Rubens förstår jag, inflikar hon i ett försök att avleda lyssnande öron.

– Nej, nej, de var gjorda som fotografier och täckte väggarna i flera salar.

– Varför så upprörd, undrar hon. Konsten är ju full av nakenstudier.

– Det jag såg var något annat, Lily, säger han och sänker rösten. En brutalitet utan någon som helst värme. Man kände sig våldtagen av allt kött. Jag talar om propaganda, inte om konst. Dom där nazibilderna vädjade till folks mest primitiva driftliv. Budskapet var entydigt.

Gå hem och våldta din fru eller din granne eller vem som helst bara hon är arier. Gör din plikt, förse ditt land med nytt, friskt, renrasigt blod!

– Du är i Berlin nu, hyssjar hon utan att se på honom. Vi måste gå.

Han lägger några mark på bordet och de skyndar ut, lämnar Bahnhof Zoo och linkar ut på esplanaden som löser upp sig i regndiset långt borta. I gatans mittfil dundrar en militär motorcykelparad förbi, anförd av en smattrande hakkorsflagga, och de står länge kvar på trottoaren och väntar innan de kan gå över.

Han smugglar in henne i sitt rum på pensionatet och tvättar hennes skrubbsår på knät. Som på ett barn, skrattar han. Det här har jag visst gjort förut på något sommarlov. Och visst minns Lily vätesuperoxiden som bubblade i såret, och det gula sårpudret.

Hon kryper upp i sängen och sveper filten omkring sig, medan han sätter sig tillrätta på rummets enda stol.

– Är ditt inresevisum till Amerika klart?

Hon skakar på huvudet. Deras samtal upphör. Det har mörknat ute. Han sitter kvar på stolen och hon i sängen, ett fruset hjälplöst bylte, en flicka som just fyllt femton. Han sträcker ut en hand och konstaterar att kolkaminen stått oeldad hela dagen och brer därefter sin vinterrock över henne.

DET ANDERS INTE visste när han anlände till Berlin, lär han sig snabbt och brutalt.

Han vaknar vid midnatt av brandbilar med påslagna sirener. Himlen är upplyst av ett sken så starkt att han tycker sig känna eldens hetta mot ansiktet när han öppnar fönstret. Det måste brinna vid Zoo, eller nära Zoo och han hör ett ljud av krossat glas på avstånd. Han klär sig snabbt och stoppar kameran i rockfickan, rafsar efter filmrullar i kameraväskan och smyger ut i tamburen och skjuter försiktigt igen ytterdörren för att inte väcka de andra pensionatsgästerna, och springer de fyra trapporna ner till gatan.

Det regnar lite och han drar sig tillbaka in i porten för att ladda kameran och går sedan bort mot Kurfürstendamm. Luften fylls allt oftare med skarpa krossljud, och han skyndar sina steg i riktning mot eldskenet. Vid Fasanenstrasse upptäcker han att det är synagogan som brinner. Flammor slickar kupolerna och kvastar med gnistregn slår upp mot bolmande svarta rökmoln. Han tränger sig fram genom den tätnande folkmassan och ser hur brandmännen sprutar vatten på en bensinstation i närheten och när tåg passerar, på järnvägsrampen intill. Han noterar till sin förvåning att inget görs för att släcka den brinnande synagogan. Folk strömmar till. Anders går in i mängden av nyfikna och upphetsade människor som trängs allt tätare kring brandplatsen. Han höjer kameran och fotograferar. Plötsligt hörs skrik och rop i folkmassan. Det är uppenbart att något händer. Knytnävar höjs, någon skriker judejävel och Anders byter snabbt film i kameran. Slagskämparna närmar sig platsen där han står och släpar någonting emellan sig. Folkmassans vrål riktar sig nu mot Anders som pekas ut som den som fotograferat. En blodig, stönande kropp slängs framför hans fötter. Poliser banar sig fram för att ta hans kamera, men han har sinnesnärvaro att i stället slita ur filmen. Folkmassan tränger sig upp mot honom. En knuff och så en till. Anders kommer att bli nästa offer. Insikten slår honom likt ett piskrapp, och han står paralyserad med den lynchade juden vid sina fötter. Några ungdomar eldar på stämningen och ropar, ”mer judar, det finns väl fler att slå ihjäl”. Det blir polisen som räddar honom, som har uppfattat att han är utlänning och ser till att han kan komma undan. En motorcykel med sidovagn banar sig fram genom människomassan, och den misshandlade mannen dumpas i den öppna sidovagnen och kör iväg med en rivstart.

Det har ännu inte ljusnat när han återkommer till pensionatet. Han sliter fram sin resväska som ligger under sängen fylld med tidningsartiklar, foton och arbetsmaterial, och vräker ner allt i kaminen och tänder på.

– Spring Lily, väser han till henne. Polisen kommer.

Några dagar senare, den 13 november 1938, skriver han

hem till Signe och ber om hjälp för Lilys räkning. Han vet att Signe kan läsa mellan raderna och att hon är försiktig med tanke på den tyska censuren.

”Kära mamma! Detta brev är mycket viktigt. Saken är följande. Fröken L. försöker sedan någon tid fara till det land där Ludwig nu bor. Detta tycks emellertid ej lyckas, ehuru det är högsta tid för henne att få sin sjukdom botad. Jag har föreslagit Sverige. Där är klimatet utmärkt, och där kan hon, när hon blir frisk, arbeta bättre. Det är nödvändigt att något fort görs för hennes hälsa. Tyvärr är omständigheterna vad Sverige anbelangar ej så enkla. Var god skicka en inbjudan och ställ ekonomisk borgen för henne, som jag tror man lugnt kan göra, då hon genom sina stora musikaliska kunskaper och sin erfarenhet säkert kan livnära sig. Det gäller ju bara en kort tid, då hon klarar sig själv så fort hon blir frisk. Jag är ledsen att jag måste besvära Dig, men det är tyvärr alltför nödvändigt, att inbjudan kommer från rätt person. I varje fall måste något ske fort om det skall vara möjligt att genomföra min idé. Som läkare gäller det för mig att rädda liv – Tyskland är ett härligt land, vädret är så vackert och jag trivs bra. Några andra vänner här nere har jag ej besökt på länge, då jag ej ansett mig böra störa dem. Vill du vara snäll och låta sända det brev, varom jag ber, till fröken L. på min adress. Jag hoppas alla må bra därhemma. Mera när vi råkas. Din son Anders.”

Brevet blir början till flera försök att få ut judar från Berlin.

ANDERS LIGGER RAKLÅNG på sängen med händerna under huvudet. Han förnimmer de dämpade vardagsljuden utanför rummet, som när han var barn och mamma sagt godnatt och lämnat dörren på glänt. Han hör människor prata men inte vad som sägs, hör ett mummel från radion som alltid står påslagen, hör en dörr som knirkar och en nyckel som vrids om och sedan steg i korridoren. De välbekanta ljuden följer honom in i sömnen tills han plötsligt rycker till. Han vaknar av Horst Wessel-sången, denna enfaldiga melodi som förpestar tillvaron, som uppmanar folk att släppa vad de har för händer och i stället lyfta sina armar i Hitlerhälsning, var och när Horst Wessel än spelas. Han sliter upp dörren för att slänga ut radion genom fönstret, eller hoppa på den, stampa och sparka på den, men besinnar sig. Naturligtvis lägger han band på sig. Han får inte visa sin avsky mot Horst Wessel. Det finns angivare överallt, pensionatsvärdinnan till exempel. En av gästerna hade viskande berättat för honom hur det rumänska judiska paret i rummet längst bort i korridoren plötsligt bara hade försvunnit. Anders stänger sin dörr och går fram mot fönstret, öppnar det och lutar sig mot karmen. Han drar in nattluften, tänder en cigarett och begrundar dagen som gått.

”Vad tycker Ni att jag ska göra”, hade den gamle judiske läkaren frågat honom. ”Jag har tre möjligheter. Jag kan stanna och vänta på Gestapo och min förintelse, jag kan ta mitt liv – ingen svårighet eftersom jag är läkare, eller jag kan försöka fly till Ert land och dö som tiggare, men fri.” Anders hade mumlat någonting om att fly, medan han packade upp matvarorna som han hjälpt honom inhandla, men de visste båda att det var lika svårt att lämna Tyskland som att komma in i Sverige. Sedan hade han gått hela vägen hem i den regntunga luften, utan att kunna släppa bilden av den gamles uppgivna ansikte.

Sådan är hans tillvaro numera. Besöken hos judar blir allt fler och han hjälper dem med praktiska saker. Adresserna har han fått genom Signe, oftast till gamla människor som inte vågar gå ut och som inte kunnat eller velat lämna Tyskland medan det ännu var möjligt. Några ville ha sina värdesaker utförda ur landet innan de beslagtogs av Gestapo men han hade skakat på huvudet och lovat rådgöra med Signe.

Anders är beklämd och rädd. Ett par gånger har han blivit provocerad att säga vad han tycker om Hitler och blivit tillfrågad om han kan hjälpa någon att fly, och har också stött ihop med en okänd person som velat ta en öl med honom och prata om den politiska situationen. Han har lärt sig att se upp för provokatörer.

I detta välskötta land med sina pittoreska småstäder, sina renskurade gator och skyltar till och med i skogen som uppmanar vandraren att "akta myrorna i sina stackar", måste han ständigt vara på sin vakt. Faktum är att han aldrig har varit så rädd som i Tyskland.

Han var bara fem år när de första tyska krigsbarnen kom till Sverige under hungeråren efter första världskrigets slut. Ursula och Wolfgang var mycket äldre och lille Anders kunde inte värja sig mot deras övergrepp. Kriget hade brutaliserat dem. Vi slår in skallen på dig, skrek de, när han försökte komma undan. Långt senare förstod han vad de hade utsatt honom för.

Skolungdomsutbytena kom senare. En månad hos en tysk värdfamilj och sedan bytte man. Han var jämnårig med Horst och skulle fylla fjorton till hösten när han kom till Rostock första gången sommaren 1928.

– Du vågar dig inte hit, va!

Det är det första som möter honom när han anländer med båten. Inte "Välkommen Anders", eller "Gick resan bra?" eller någonting sådant. Horst står bakom sin mamma och håller en rakkniv i handen. Han fäller långsamt ut den och vickar lite på bladet och skickar iväg en solkatt som bländar. Nej, Anders vågar inte gå ner på kajen. Passagerarna från fartyget strömmar utför landgången och knuffar sig förbi honom. Stöter emot och muttrar. Flytta på dig. Ur vägen, pojk. Han lyckas maka sig åt sidan och klänga sig fast vid landgångens ledstång med resväskan mellan knäna. Nu ser han solkatten igen. Strömmen av folk börjar avta. Rakkniven vickar allt ivrigare. Anders vet vad det betyder. En utmaning på tvekamp med rakknivar som vapen.

Värdfamiljens två söner, Horst och Joachim, ägnar sig åt farliga lekar. De hugger mot huvudet och parerar med underarmarna som de lindat med tidningspapper och läderremmar. För varje träff jublar angriparen och för varje blödande hugg växer stoltheten hos den skadade. Men Anders vågar inte. Han är en fegis.

De som är äldre fäktas med skarpslipade sablar och stålskenor som skydd på underarmarna. Mensurärren är belöningen som lyser blankvita bredvid hårborstar som lämnats kvar på deras rakade skallar. När studenterna marscherar med brinnande facklor genom Rostocks gator står Horst och Joachim hänförda och tittar på, liksom Anders. Den taktfasta musiken, de gröna uniformerna, guldtränsarna ...

Alla Signes barn reste till Tyskland på ungdomsutbyten. Det var där de stora diktarna, kompositörerna och vetenskapsmännen fanns, och det som Signe lärde känna som ung ville hon också ge sina barn. De förväntades vandra i Rhens och Mosels floddalar, klättra upp till borgarna på bergstopparna och vistas i bergslandet Harz där en gång Goethe vandrade. Det var mammas Tyskland de skulle lära känna, med Berlin som Europas kulturella huvudstad. Att tala tyska och helst också franska, som Signe var uppfödd med, ingick i det judiska familjearvet.

Men 1920-talets Tyskland var något helt annat än det

Signe talat så lyriskt om. Anders och hans syskon kom till ett utarmat land med våldsam inflation. Ett bröd för en miljon mark på morgonen kunde kosta det dubbla på kvällen. Vandringarna i Goethes fotspår uteblev, i stället äcklades de av mögligt bröd och köttsoppa med mask i. De ville hem. Men Signe tog klagomålen med ro och hennes barn lärde motvilligt känna Ursula och Wolfgang, Dodi, Trude, Horst och Joachim. Att de skulle återkomma som flyktingar eller stupa på Europas slagfält kunde ingen föreställa sig.

Med de tyska ungdomarna grep nazismens raslära in i familjen som en svag skuggning först, en liten förskjutning av något svårdefinierbart, något som kändes främmande och inte hade med Anders och hans syskon att göra, men som på något outtalat sätt ändå hade det.

Under alla år hade man firat jul med skinka och dopp, besökt kyrkan på skolavslutningar och rabblat Fader Vår, kort sagt levt som alla andra. Barnen vet förstås att mamma tillhör en judisk familj, men uppfattar det inte som någonting särskilt, framför allt inte att det skulle skilja dem från alla andra. Nu växer en förändring fram. Anders uppfattar sin judiska identitet som något nytt – men vad är då pappa? Är Folke av en annan sort?

Klockan tickar. Det går några år. Vem är du egentligen, Anders? Vem är din pappa, din mamma, mormor, mormorsmor …

Förtydliganden krävs och klarlägganden noteras. 1938 är Anders utan tvekan jude – och hans pappa lika tveklöst arier. Den klyfta som uppstod i familjen när Signe och Folke skildes, har nu vidgats. På alla plan, både det privata och det vetenskapliga.

Först nu, efter kvällens besök hos den gamle judiske läkaren som är Oskars vän och forna kollega, ser Anders tydligt vad som skett. Medan Oskar i det längsta gjort allt för att förhindra nazisterna att ta över hjärnforskningsinstitutet i Berlin-Buch, fortsätter Folke samarbetet som om ingenting har hänt.

Vetenskapen står över politiken, hade Folke hävdat, medan Oskar sedan länge visste att hans dagar som chef var räknade. Flera av hans egna medarbetare hade redan givit sig av och det enda skälet för honom att stanna var för att försöka rädda institutet och dess banbrytande genetiska forskning. Men allt detta hade nu ödelagts av den nya naziledningen.

Anders förfäras av insikten. Han har en pappa som är medlöpare, som spelar nazisternas rasideologi i händerna. Oskar och Folke som en gång samarbetat, går nu åt olika håll. Den politiskt radikale Oskar förblir kämpande antinazist medan tyskvännen Folke smittas av nazismen.

Efter skilsmässan från Signe gifte Folke om sig med en tysk kvinna. Nu bär han ett litet hakkors under rockkragen. Ibland vänder han på kragen och märket glimmar till. Folke har fem judiska barn. Begriper han vad som kommer att hända dem om tyskarna tar Sverige?

Anders egen pappa, som lärt honom allt om naturen, om blåmusslorna och de små kräftdjuren i strandbrynet, tordyvelns feta larver och havsörnen som byggt ett bo i en tall vid badviken på landet, har nu visat honom en annan sida. Pappa hade knattrat ut bland öar och skär med alla barnen i båten och visat dem isräfflor på klipporna, jättegrytor och trojeborgar. Barnen var hans lammungar och kärleken ömsesidig. Det var så länge sedan.

Anders huttrar och stänger fönstret. Skyfflar in lite kol i kaminen för att få upp värmen en smula. Går av och an i rummet. Tankarna mal på, utan att han förmår släppa dem.

– Framtiden, mumlar han. Finns det en sån.

Det knackar på dörren. Han tänder taklampan och öppnar.

– Herrn har telefon, meddelar värdinnan. Han måste skynda sig, det är samtal från Sverige. Herrns fästmö tror jag.

Jann heter hon, Anders fästmö som så småningom ska bli min mamma. Den 10 december 1938 gifter de sig på svenska legationen i Berlin. Bröllopskortet visar två allvarliga unga ansikten fotograferade lite på snedden och med dramatiska skuggor – som en filmbild av Orson Welles slår det mig, vilket det naturligtvis inte är. De tillbringar kvällen på en välgörenhetstillställning för ryska krigsinvalider, dricker ett otal skålar med sina vänner och vinner varsin sängkudde på ett behjärtansvärt lotteri. Huruvida Lily är en av gästerna eller om Anders nämner något om henne för Jann, framgår inte av hans anteckningar. I mitten på januari återvänder hon till Stockholm med tio extra kollin i bagaget. Väskorna innehåller värdeföremål som tillhör judar som hoppas kunna fly till Sverige.

I AUGUSTI 1939 träffas Signe, Oskar och Cécile igen, den här gången på Signes skärgårdsö. Kanske möts de för att tala om framtiden.

Oskar den gamle mannen springer som ett barn på ängen och fångar humlor i sitt laboratorieglas medan Signe och Cécile släntrar efter i det höga gräset som kittlar deras nakna vader. De vandrar över lillängen bort mot uddens solljumma klippa där grönt, friskt sjögräs vajar i vattenbrynet. Måsar skränar vid fågelskäret och en ormvråk seglar med utbredda vingar, dyker mot en snok eller en sork eller ejderns ungar som simmar i vassen. Oskar knyter upp flugan och öppnar skjortkragen, lystrar och tycker sig höra fiolstråk i morgonbrisen. Lily har vaknat, konstaterar han.

Oskar, Cécile och Lily hade anlänt med båt från Dalarö under gårdagskvällen tillsammans med Anders som Signe också bett komma, inte bara för trevnadens skull utan för att de två unga ska verka lugnande på eventuellt upprörda sinnen. Dagen före deras ankomst hade varit jäktig, hus och bodar skulle städas ur och fönster ställdes upp för vädring eftersom huset har stått tomt i flera veckor. Spindelväv sopades bort, och trasmattor släpades ut på backen för att skakas. Signe valde att själv göra i ordning det bästa gästrummet till Oskar och Cécile och bäddade med manglade linnelakan som hon tagit med sig ut från stan. Hon plockade några rönnkvistar med redan gula bär och ställde i en kopparkanna, diskade bort sot på lampglas, hällde på ny fotogen och putsade vekarna på fotogenlamporna. Flera gånger sprang hon ut och in i rummet för att se om något fattades, bytte ut saltsjötvålen mot en ny och hängde upp ännu en våffelmönstrad handduk på kroken bredvid kommoden, ställde en flaska myggolja på hyllan under spegeln och lade en tändsticksask intill lampan. Problemet med radion återstod. Skulle hon låna ut den till Oskar? Efter lång tvekan ställde hon den i gästrummet men ändrade sig när hon hörde ångbåtsvisslan bortom udden, och bar tillbaka den. När båten lade till vid bryggan gick hon lugnt och samlat nedför stigen för att möta dem.

Vid lunchtid är de tillbaka efter förmiddagens rundvandring på ön, med nya humlor i Oskars laboratorieglas. Jungfrun har redan dukat, äggen är kokta, sillen upplagd och svagdrickan är upphälld i en kanna. Det är bara snapsen som ska hämtas från matkällaren. Anders och Lily väntar redan när Signe, Oskar och Cécile anländer. Lunchen intas i sakta samspråk och därefter går var och en till sitt.

Det är alltid mycket folk på ön om somrarna. Förr kom det utbytesungdomar och tyska barn under hungeråren. Nu är det andra. Signes egna barn och deras studentkamrater, Lily någon gång, kusiner och andra släktingar samt mer eller mindre vilsekomna författare och konstnärer. Det finns plats för alla i uthus och bodar i det gamla skärgårdshemmanet, och skulle det saknas en säng kan ett tält slås upp.

Efter lunchen lägger sig Signe raklång på sängen i sitt rum. Den sista veckans kylslagna nätter känns i väggarna, trots att hon ställt upp fönstret mot solen. Hon lägger en filt över benen men kan inte somna, och stirrar i stället på ett spindelnät vid taket med en död fluga hängande. I gästrummet bara några meter bort vilar Oskar med Cécile vid sin sida.

Lilys och Anders röster hörs på håll, hans djupa skratt och hennes klingande. Signe hade knappt känt igen Lily. Hon liknar redan en vuxen kvinna och måste väl snart fylla sexton ... eller är det redan sjutton? De sitter på bänken utanför vedbon och spelar, hon fiol och han mandolin. *... en gammal drömbok köpte jag i folioformat, sen drömde jag förliden natt om Beatrice-Aurore ...* hör hon Anders sjunga och knäppa på strängarna, och sedan Lily som spelar Signes älsklingstema ur Schuberts ”Döden och Flickan”.

Tänk att Lily inte antogs på Musikkonservatoriet i Berlin. Ingen orsak angavs, men skälet var ju uppenbart då hon var judinna. Det var i sista stund som hon lyckades ta sig till Sverige, och sedan hade Signe hjälpt henne med ansökningshandlingar till Griegakademien i Bergen dit hon ville. Lika bra det, och nu är hon kallad till provspelning, Signe minns bara inte vilket datum. I det stora hela har det gått bra för Lily trots hennes tragiska start i livet, och Signe är glad över att Anders tog sig tid att komma ut till ön så att flickan fick lite sällskap.

Hon reser sig från sängen, rättar till klänningen och drar en kam genom håret. Öppnar dörren försiktigt för att inte väcka Oskar och Cécile och går bort till köket som ligger i andra änden av huset. Köksdörren står uppställd och flugremsorna ovanför vedspisen gungar i draget. Tydligen har flickan gått in på sitt rum ett tag, sextonåringen som hjälper till med hushållet under sommaren. Disken är klar och undanplockad, zinkbaljan vänd uppochner och slaskhinken tömd. Signe kastar en blick på klockan. Om någon timme är det dags att börja skrubba potatis.

Middagen avlöper i stillhet. Cécile är som vanligt tystlåten medan Oskar pratar desto mer. Sedan tar de med sig kaffebrickan och slår sig ner i trädgårdsmöbeln på ängen, som är den naturliga samlingsplatsen så här dags. Härifrån ser de ut över fjärden som speglar skymningens bleka himmel och får öarna vid havsbandet att synas som svaga violetta skuggor. När mörkret faller och myggen svärmar springer Signe in efter djungeloljan och tänder fotogenlampan som står på bordet. Anders och Lily spelar och de äldre låter sig fångas av musiken. De ser solen sjunka i fjärden och sitter kvar långt efter det att Anders och Lily har lämnat dem.

Det blir Oskar som för kärleken på tal, som inte längre väjer för det svåra men nödvändiga samtalet mellan dem.

– När vi har talat lugnt och sansat om det som pågår mellan oss, återgår vi till att leva som tidigare, börjar han. Som de tre älskade personer vi är, behöver vi varandra.

Tystnaden lindar in Oskars ord i viskningar. Signe har ögonen fästade på fotogenlampan och ser nattfjärilar samlas i den vita glaskupan. Skogen mörknar och fjärden, som nu bara kan förnimmas som ett svagt vågskvalp.

Oskar, Signe och Cécile. En man och två kvinnor. När mörkret suddat bort den sista strimman ljus, sträcker Signe fram handen och vrider upp veken en smula. Lågan fladdrar till och sotar lampglaset medan gamla minnen dyker upp.

Plötsligt ser hon Signe-Maria framför sig. Ung och strålande, lockande och falsk. Sisselillhäxan, hade hon kallat henne, kvinnan som rövat bort pappa från mamma. Häxan hade förklarat för Signe hur nobla hennes föräldrar varit som själva hade valt att lämna varandra. Signe visste att det inte var sant. Mamma var förkrossad och Signe hade erfarit hennes smärta som sin, och känt mammas ofödda barn gråta i sin egen tolvåriga kropp.

Ändå hade hon lyssnat på Signe-Maria. Lockats av henne. Det var så skönt att finnas i kärlekens närhet. Den smittade så förlåtande. Hon trivdes helt enkelt bättre hos pappa och Signe-Maria än hemma trots att det var hos mamma som hon hade sitt hjärta. Hennes eget unga liv drogs till livsglädjen. Stod inte ut i nedstämdhetens tunga närvaro.

Händelser upprepas men med ny rollbesättning. Nu är det Signe själv som förhäxat Oskar. När kärleken flytt och det blå har bleknat, ska Cécile ta sitt förnuft tillfånga och överlämna Oskar till den nya blomstrande kärleken. Visst var det så det blev sagt?

Har Cécile något val? Oskar erbjuder henne fortsatt äktenskap under förutsättning att han ges full frihet att dela sitt kärleksliv med Signe. Cécile får stanna kvar – villkoret är bara att han tillåts överge henne.

Cécile blundar när hon svarar. Nickar bara och accepterar erbjudandet. Reser sig, lämnar samvaron och går långsamt genom gräset bort mot det stora röda timrade huset på kullen ovanför ängen.

Signe och Oskar sitter tysta och ser efter henne. Så blev det klart. Ett förnuftigt samtal mellan tre. Oskar talade och kvinnorna svarade, fast tyst. Det behövdes inte sägas högt, för den ena kvinnan hörde vad den andra kvinnan sa ändå. De visste alltför väl att det alltid är segraren som bestämmer vad som ska gälla.

Draken som sprutat eld och etter är nu besegrad. Hon försvinner som en grå liten ödla ner i dikets fuktgräs.

Två veckor senare när alla gäster lämnat ön, packar också Signe sin väska. Hon tar Waxholmsbåten till Dalarö för att byta till buss in till stan. Plötsligt hajar hon till. Redan innan båten lagt till ser hon de svarta rubrikerna på busskioskens löpsedlar.

”KRIG. Hitler meddelar i en dagorder till tyska krigsmakten, att nu intet annat återstår för honom än att sätta våld mot våld. Den tyska krigsmakten skall med hård beslutsamhet föra striden om det återuppståndna tyska folkets ära och livsrättigheter. Enligt ett rykte skulle tyska trupper ha ryckt in i Polen kl. 6 idag på morgonen. Danzig har förklarats vara en beståndsdel av det tyska riket.”

Det är fredag den 1 september 1939.

Krigsår

”DESSA SMÅ HITLERJUGEND i bruna skjortor och svarta shorts kunde vara nöjsamma om de inte vore så farliga. De är farligare än en koleraepidemi. De vuxna behöver vi bara slåss med, men de små som nu tränas för sin uppgift måste vi leva tillsammans med.”

Ur *Sista tåget från Berlin* av Howard K. Smith,
amerikansk korrespondent i Berlin 1941.

NÄR HITLER LÅTER utmana världen till strid gör ett vettskrämt embryo med hjärnan på reptilnivå ett överslag: Jag vill leva.

Sju månader senare föds barnet, som är jag, på Karolinskas nyöppnade BB-avdelning. Samtidigt dras tyskt pansar samman längs den nordtyska kusten. Ingen känner ännu till att en ockupation av Danmark och Norge är nära förestående.

Att mitt tidigaste minne skulle vara påhitt eller en dröm, är något som jag alltid tillbakavisar. Det är en bild jag ser, inte en händelse. En solstrimma flyter in från ett fönster, vilket bara inträffar en kort stund varje dag eftersom stugan där jag befinner mig skuggas av en väldig fjällrygg och jag ligger i min babykorg och ser dammpartiklar dansa i solen och korgen är målad med ultramarin, en kulör som just då dallrar utan botten och utan yta och som för alltid kommer att färga mitt sinne. Man kan inte minnas någonting som nyfödd, sägs det, men jag vet med bestämdhet att det går. Bilden är skarp och detaljer visar att den inte kan vara hämtad från annat håll. Jag befinner mig tillsammans med mamma långt bort, långt, långt bort gömd undan tyskarna. Jag ser ett fjäll, en solstrimma och mamma. I min tre veckor gamla hjärna registreras bilden med hjälp av mammas tårar upplösta i blått.

Den 11 april 1940 står det i Signes dagbok: ”Jann evakuerar med Helena. Norska försvaret tar form, har framgång. Skyddsrum hos grannen. Ofreden över oss.”

Några dagar tidigare, den 9 april, ockuperar tyskarna Danmark och Norge. Fruktan för att Sverige ska bli nästa land får svenska familjer med judisk anknytning att gömma sina barn på hemlig ort. Signe arbetar på Evakueringsbyrån, och det är nog hon som ser till att min mamma evakueras med sitt nyfödda barn. Jann är ung, tjugotre år bara, och på väg att skapa en ny familj i stället för den hon förlorade som femtonåring. Nu går hon från en katastrof till nästa. Den som i hennes sinnevärld ständigt finns närvarande, ser hon komma också i verkligheten. Att hon har gift sig med en jude betyder livsfara i april 1940, och hon skriver ett förtvivlat brev till min pappa. ”Älskade Anders, ikväll är det tröstlöst. Är det inte meningslöst att vi är skilda åt om vi kanske bara har en kort tid kvar att finnas till. Jag vet vad du svarar, att vi måste för Helenas skull, och det är förstås sant, men det är fruktansvärt svårt ...”

Jag ser henne stå under takfoten vid pensionatets röda timmervägg och slicka på frimärket. Det dröjer en stund innan TT-sändningen börjar och hon hinner posta brevet före radionyheterna. Det regnar lite grann vilket syns på kuvertet. Björkarna är långt ifrån utslagna, men tjälen i marken har släppt och den fuktiga luften förstärker doften av vår. Hon springer bort mot landsvägen för att invänta bussen som ska föra brevet vidare.

ANDRA VÄRLDSKRIGET TECKNAS i Signes dagböcker, i små tättskrivna kalendrar. Allt ska få plats på det lilla utrymme som tilldelats varje dag. Krigets och kärlekens förlopp blandas med vardagens bestyr, hennes drömmar och hennes upprördhet. Bladen räcker inte alltid. Texten tränger ut längs marginalerna och över på nästa dag, ibland uppochner, ibland ut på lösa lappar som ligger instuckna.

Bakom de kortfattade anteckningarna i Signes kalendrar löper en hemlig endast antydd berättelse som handlar om en svensk motståndsrörelse. Personer, sammankomster och planerade aktioner får kodnamn. Stockholm kallas för *Storlien*, och Oskars hjärnforskningsinstitut för *Stugan*, i breven. Ett öppet fönster på en viss adress är ett tecken, *I morgon regnar det* är varningsord, men vad betyder det? Tyskarna får ingenting veta – och heller inte jag.

Stockholm är Europas spioncentral. Här samlas spioner, flyktingar och agenter från utländska underrättelsetjänster. Detta neutrala Sverige utgör den fristad som alla krigförande länder behöver.

Vad händer med Europa om Tyskland segrar? Signe lyssnar på illegala radioutsändningar på kortvåg och följer förfärad de första obekräftade rapporterna om nazisternas dödsfabriker i Polen. Hon får tag i Hermann Rauschnings vittnesbörd *Samtal med Hitler*, konfiskerad av den svenska regeringen, och när Ture Nermans tidning Trots allt! tystas genom transportförbud efter att ha påtalat nazistisk infiltration i svenska marinkåren, kryper Signe ihop. Det kan inte vara sant ...

Att Signes korrespondens är omfattande förstår jag av den här noteringen: "Jag arbetade ostörd hemma. Skrev tolv brev till utlandet, två till Spanien, ett till Schweiz, ett till USA, två till England, två till Danmark, fyra till Tyskland." Hon skriver på nätterna när telefonen slutat ringa, när sömnen, den svåråtkomliga sömnen inte infinner sig, tar en paus ibland, tassar nerför trappan och sätter sig i förmaket där taffeln står. En dov mörkläggningsnatt när plötsligt två strängar i taffeln brister, skriver hon: "Ack Oskar, skola vi få aftonljus eller är allt förbi."

Jag läser svårtydd handstil på tyska, franska och engelska och letar efter spår från den hemliga, ej nedskrivna berättelsen, men hittar ytterst lite. Kvar finns de harmlösa breven, de ingen söker efter, varken Gestapo på tyska legationen i Stockholm eller den svenska säkerhetspolisen.

Att Signe har ett stort kontaktnät framgår av hennes anteckningar. En anteckning daterad den 20 januari 1942, dyker upp: "I går kväll då jag kom hem, brev från Henry S. öppnat i Tyskland, innehållande brev med avsändarens namn och adress. Alltså allt avslöjat. Förtvivlad, orolig. Telegraferade Henry S." Det framgår inte vad som avses, men handlar troligen om judar i vilkas flykt från Tyskland eller Polen Signe är inblandad. Henry S., vars rätta identitet inte röjs, är kontaktman i Amerika och liksom Signe länk i en lång kedja av personer bosatta i och utanför Tyskland som på hemliga vägar hjälper judar att fly. Brev skickas på olika sätt beroende på censuren. Från Tyskland över Island till Edinburgh, sedan till Signe i Stockholm för vidarebefordran till Amerika eller Moskva. Eller omvänt. För varje stopp ett nytt kuvert med ny poststämpel.

På en gammal chokladask har Signe skrivit: *Kriget 1939–1945. Några prov på brevväxling.* I asken ligger brev som öppnats av censuren vilket framgår av kuverten. *Geöffnet* står det på de tyska plus örn och hakkors, *Opened by censor* och poststämpeln *Dig for Victory* på breven från England. Gräv för seger, var en omfattande kampanj. Engelsmännen erbjöds jordlotter att odla på eftersom folkförsörjningen hotades när tyskarna sänkte handelsskepp till England.

Men av brevens till synes harmlösa innehåll kan jag omöjligen utläsa några dolda budskap.

HÖSTEN 1939. PÅ Rosenvik ställs rum i ordning och flyktingar inkvarteras. När finska vinterkriget bryter ut i november 1939 hämtas barnens avlagda vinterkläder från vinden. Pjäxor får en extra smorning med Björnfett, raggsockor stoppas och vinterjackor borstas rena från mal och mott innan de lämnas till Finlandshjälpen. För att skingra tankarna tar Signe på sig fler och fler uppdrag. Hon deltar i en hemlig nordisk kvinnokonferens mot kriget och har fullt upp med Fredrika Bremerförbundet. En ny diskussionsklubb startar och det första mötet handlar om ”Andlig beredskap”.

Strax före Lucia samlas syskon och kusiner till middag på Floragatan hos Anna, Signes mamma. Det är nästan som förr, som vid morföräldrarnas söndagsmiddagar i Signes barndom, med långbord dukade för både barn och vuxna. Men skratten uteblir och middagen intas i en stämning av undergång. ”Lisen och Karl Otto [Signes moster och morbror] särskilt betryckta, trodde sig blott ha några veckor att leva”, skriver Signe i dagboken. Ännu är det 1939 och kriget har just börjat. Först 1942 blir tyskarnas dödsfabriker i Polen allmänt kända.

Finland är en del av Norden, är nästan Sverige, och när landet bombarderas och civila beskjuts med kulsprutor från luften, växer finlandsaktivismen i Sverige. Svenska flygplan sänds i hemlighet och det viskas om 8 000 frivilliga svenskar till den finska armén. Syarméns lokalavdelningar runtom i Sverige syr tusen bandagegördlar som skickas till finska sjukhus, och på Djurgården ordnar Signe med bössinsamling för jaktplan till Finland.

Den första krigsvintern sägs vara den kallaste på 168 år. På Rosenvik fryser rören sönder och man sover med varmvattensflaskor i sängarna. Signe får en säck ved av Poul Bjerre "istället för blommor" och ger en kappsäck "goda inbundna böcker till våra soldater". Sonen Lasse bygger skyddsrum hos grannen och i dagboken den 2 februari 1940 skriver hon: "Det påstås att vi äro i krig om 14 dagar."

Kriget kommer med nya vanor. I handkammaren förvaras äggen i vattenglas. Som snö ser det ut, stora glasburkar med snö där äggen simmar. Man sticker ner handen i snön som inte alls känns kall och hämtar upp ett ägg.

Krigsåren är ransoneringskort och randiga koftor stickade av upprepat garn från gamla koftor. Fiskleverolja, grön järnmedicin och lavemang i vitemaljerad kanna med röd gummislang. Kolgubbar, vedgubbar, tiggare. Cellull, cikoriakaffe, Ovomaltine och sagogrynssoppa. Vatten rinner längs fiskaffärens fönster och mjölken mäts upp med mått. Plötsligt kan en lukt från kriget stryka förbi, och så är man där igen. *Stockholm Motala* hörs på radion och allt annat tystnar. Pappa och mamma sätter sig tätt intill radioapparaten och lyssnar. Barnen får varken prata eller leka. På toaletten hänger pappas filmer på tork, fästa med klädnypor på ett snöre under taket. Hemliga foton av kartor och tyska befästningar i Norge, fast det vet jag förstås inte då. På gården spelar en gårdsmusikant. Mamma öppnar köksfönstret och jag får kasta ner ett litet knyte med en slant i.

SIGNE MÅSTE FÅ visshet om Oskar överhuvudtaget lever. Du är min hustru, hade han viskat den senaste gången de såg varandra. Hans förtvivlade ansikte lyste, liksom hans vädjan om en framtid tillsammans. Glöm inte att det är du som är min hustru.

Signe bläddrar i sina dagböcker, minns och återupplever. Dagboken är fylld med tecken. ”Det höjda fingret. Axlar. Trevlig afton, blev så rädd att du skulle ...” Dag efter dag med enstaka ord som stöd för minnet, som betecknar händelser som inte låter sig skrivas ner. Hon ger sig hän och lever ut i fantasier. Det är Signes inre drama det handlar om, där just hindren håller passionen vid liv.

Signe sover inte, har inte ro att sova men vaggas en stund i drömmar som öppnar sinnen och kronblad. Hon vrider sin hårman och sätter upp den med sköldpaddskammen och sveper sjalen med de pärlbroderade påfåglarna över sina axlar. Den svarta kjolen vaggar runt höfterna när hon rör sig. Hon går fram till fönstret och tillbaka in i skuggan igen, stannar vid en uppslagen bok eller en tavla och tar en lov runt bordet i salen. Om natten känns längtan som starkast och oron outhärdlig. Ve, Oskar, får vi någonsin återse varandra? Och hon hör honom viska: Vår kärlek *är* just längtan, Signe. Hon tycker sig höra krevaderna och se sin älskade springa genom krigets eldstormar.

En ensam kärleksnatt, ett drama med alltid samma förlopp. Hon gör sig beredd för mannen som inte kommer. En klang från taffeln, ett ackord och dörren glider upp till förmaket. Hon går in i mörkret till den mörka divanen, sliter loss kammen av sköldpadd och låter håret lösas upp, öppnar påfågelns fjäderskrud och låter kjolen av crèpe falla tungt till golvet och lägger sig naken på divanen. O, älskade, kvider hon för mannen som inte kommer.

Mannen som hon älskar har nu den andra kvinnan. Cécile sover hos honom om nätterna och tar emot honom när hans lust tränger på. Också Signe finns närvarande, är bara skymd ett stycke bortom fronten, pansarskeppen, minorna och trupperna med marscherande soldater. De hör trampet alla tre, eins zwei drei vier, eins zwei drei vier …

– Kom inte, skriver Oskar. Jag varnar dig, i Tyskland mördas judar.

– Var inte orolig, svarar hon, jag är visserligen född i mosaiska församlingen men är själv inte troende jude. Religionen är min privatsak, rabbinen min vän men inte trosfader.

– Och om tyskarna frågar, undrar Oskar.

– Jag svarar förstås och säger som det är. Varken jude eller kristen.

Dagboken den 6 april 1940: ”Oskar 70 år! Ack, varför möttes vi så sent att klockan redan hunnit bli så mycket. Om jag åtminstone vore där. Inlämnade min ansökan om visum till tyska passbyrån.”

Längtan övergår allt förnuft. Trots att hon är svensk medborgare har hon flera gånger tvingats fly undan Gestapos terror i Tyskland. Hon är inte på något sätt okunnig om vare sig judedeportationer eller koncentrationsläger. Signe vet vad som pågår långt innan det blir allmän sanning.

Att resa över Trelleborg och Sassnitz är uteslutet, men att åka via Danmark och Hamburg ska väl gå, och sedan fortsätta med tåg till Neustadt och Oskar. Två, högst tre dagar med tåg från Stockholm, knappast mer om inte trupptransporter skulle medföra förseningar. Hon har hört att tågen går som vanligt trots kriget. Fast man kan inte vara säker. Det är knappast riskfritt att åka genom Tyskland – men varför skulle hon väja för risker när Oskar är utsatt för ständig livsfara.

Eftersom dagen är solig med torra gator promenerar hon in mot stan till Hovslagargatan där Tyska legationen ligger. En torr kall vind virvlar upp sand i Strandvägens promenadstråk, men ingenting av stadens brus når Signe som vandrar innesluten i en annan skönare värld, uppslukad av återseendet som snart ska bli verklighet.

Hon trycker på portklockan till den förhatliga Tyska legationen för att bli insläppt till Gestapos högkvarter mitt i Stockholm där tyskarnas hemliga polis kontrollerar alla och allt som kan tänkas vara av intresse, förmodligen också Signe. Hon tvingas stå i kö till passbyrån där en kvinna i uniform tar emot Signes ifyllda visumblankett med porträttbilderna som kommit från fotografen med morgonposten. Hon blir tillfrågad om sitt ärende i Tyskland och Signe svarar *Vergnügungsreise*, en nöjesresa, vilket noteras utan skymten av förvåning. Hur lång tid det kan ta innan besked kommer? Damen bakom disken låtsas inte höra.

Signe skyndar därifrån och drar ett djupt andetag i den kylslagna vårluften. Hon går runt kvarteret och sätter sig i solen på Nationalmuseums breda trappa. Måsar kretsar över båtarna som ligger förtöjda längs kajen, och hon betraktar de tre vita skärgårdsbåtarna Storskär, Blidösund och Norrskär som rustas inför sommaren.

En månad senare kommer avslaget på hennes visumansökan. ”Får ’z. Zeit’ icke resa till Tyskland. Förkrossad men hoppas på detta ’z. Zeit’. Känner mig som i fängelse, hindrad att komma till dig. Längtar, längtar ...”

SÖNDAG DEN 7 april 1940. Signe vaknar tidigt som vanligt, hämtar morgontidningar och frukostbricka som jungfrun ställt i ordning på köksbordet och kryper ner i sängen igen. Hon trevar efter sina glasögon och börjar som alltid med Svenska Dagbladet, Strittans tidning. Gustaf Stridsberg heter han. Journalist och svårt invalidiserad genom sin puckelrygg, men med den vassaste pennan mot allt som luktar nazi.

Krigsrapporterna är motsägelsefulla. Gårdagens tidning menade att den svenska malmens betydelse för Tyskland överdrivits, medan dagens huvudnyhet är Englands blockering av havet utanför Norges kust. Varför minera, undrar hon och brer en klick marmelad på en rostad brödskiva, om det inte har med tyskarnas malmtransporter att göra? Hon bläddrar vidare, lite förströdd, ser att det krävs inträdesbiljett till Carl Laurins begravning i Maria kyrka, hennes gamle lärare som var så omtyckt på seminariet. Ett helt uppslag i söndagsbilagan är fyllt med brudpar som hon hastigt kikar på, för att sedan låta blicken fastna på Nordisk resebyrås annons om vinterresor till Norge. Just det, Anders ska ju till Norge ett par dagar. Hon tar en klunk kaffe och läser om praktiska elektriska kokplattor som utan rökgång kan placeras överallt. Sedan en hastig titt på väckarklockan, och hon lägger ifrån sig tidningen och går upp och öppnar fönstret på vid gavel. Sol och fågelkvitter strömmar in i rummet.

Signe och Amelie Posse, två ivrigt gestikulerande damer syns på söndagseftermiddagen promenera från Amelies lilla lägenhet på Gärdet till Norrmalmstorg i centrum. Att det är en bra bit att gå ser de som en fördel. Många frågor hinner avhandlas innan de är framme och de kan prata om känsliga saker utan att riskera avlyssning. Dessutom är det årets första vårdag med rännstensskvalp och takdropp och barnvagnskaravaner som rullar mot Djurgården. En fin dag för flanörer.

Vad talar de om som är så hemligt, vad är det som upprör deras sinnen så till den grad att de saktar stegen för att nästan handgripligen göra upp med varandra? Flyktingar förstås, och nödvändigheten av en svensk motståndsrörelse. Den första flyktingen från Tyskland kom till Rosenvik redan 1933, en ung socialist som följdes av fler. Naturligtvis öppnade Signe sitt hem för människor i yttersta nöd. De fick både mat och husrum, inte alla förstås, en del hade rum på stan och kom bara till måltiderna. Men hon hade varit försiktig med att ta emot okända personer. När det handlade om Oskars vänner och bekanta kände hon sig trygg, men inte alltid med dem som kom genom Amelies försorg.

Nu hör hon att Amelie lämnat ut deras Stockholmsadresser till alla möjliga personer i Prag, judar och politiska flyktingar som sedan spridit dem vidare, med påföljd att både Amelies och Signes telefoner är nerringda av både flyktingar och spioner. Signe är upprörd, hur kan Amelie vara så omdömeslös, det finns tillräckligt med provokatörer och vi behöver absolut inte fler.

– Nyttiga adresser är ju nästan de enda värdesaker som jagade människor kan ta med sig, förklarar Amelie. Ingen som kommer hit vågar kontakta någon av de svenska flyktingorganisationerna, eftersom de riskerar att skickas tillbaka. De söker upp mig i stället för de vet att jag är Nansenhjälpens ombud i Sverige, och att det enda Nansenhjälpen har för ögonen, är flyktingens eget intresse.

Signe lyssnar. Irritationen stiger liksom hennes ansiktsfärg. Amelie mästrar henne. Som om Nansenhjälpen skulle vara något okänt för Signe, som om hon inte visste att man jobbar humant och obyråkratiskt. Amelie styr och ställer som en senfödd majorska på Ekeby, barsk och självgod. Signe tål det inte.

– Aldrig att jag sviker ett förtroende, aldrig att jag säger nej till en flykting, fortsätter Amelie. Det går alltid att hitta någon lösning och det är därför de kallar min lilla våning på Rindögatan för ”de förlorade fallens sista instans”.

Och vem är det som bearbetar myndigheter, som författar de många intygen för att flyktingar ska få uppehållstillstånd, som har främmande människor boende i sitt hem i veckor och månader ...? Signes ord bränner på tungan men hon lyckas hejda dem. Hon vet att bådas arbetsinsatser behövs och släpper därför ämnet, rycker i stället på axlarna och lättar på halsduk och kappa.

För Amelies vidkommande blir flyktingfrågan den som hon först tar sig an, när hon med den svenska konsulns hjälp lämnar Tjeckoslovakien och anländer till Sverige. Nästa stora fråga gäller Sveriges och svenskarnas hållning gentemot Tyskland. Med alla sina politiska erfarenheter i bagaget blir Amelie följdriktigt en av dem som tar initiativet till att bilda Tisdagsklubben, ett första steg till något som skulle kunna utvecklas till en svensk motståndsrörelse.

Signe och Amelie är framme vid Årstaklubbens lokaler på Smålandsgatan 20 mitt i stan och Signe gräver i väskan efter nycklarna och öppnar. En trappa upp ligger samlingssalen med breda skjutdörrar till två mindre rum. Personalen har redan ställt i ordning de långsmala borden i hästskoform inför Tisdagsklubbens första konstituerande möte den 9 april. Backar med Pomril och tonic är redan uppburna och på ett av borden står rödvinsflaskor som ska korkas upp och vinet hällas över i små karaffer. Signe och Amelie slår sig ned. Knyter upp skorna, vilar trötta ben, hämtar varsitt glas och öppnar en flaska tonic. De går igenom vilka som bjudits in till mötet och vad som ska göras.

– Före mötet skickades kallelser ut till "säkra" personer, säger Amelie. Ingen kommer in utan att visa upp kallelsen och sedan prickas av på en lista, vilket är rätt omständligt och kommer att ta tid. Att helt undgå spioner eller andra oönskade kan vi knappast räkna med, men så långt det går, ska Tisdagsklubbens verksamhet vara hemlig.

Amelie läser upp namn som Signe antecknar på listan. Journalister och redaktörer, fackföreningsfolk, ledare för nykterhetsrörelsen, konsumtionsföreningen, generaldirektörer för skolöverstyrelsen, posten ... i stort sett alla opinionsbildande personer i stan, noterar Signe. Hon drar med pekfingret över raden av namn. Det är något som fattas, som oroar. Förutom fåtalet kvinnor, finns det inte ett enda judiskt namn. Kvinnornas antal kan lätt ökas på genom Signes och Fredrika Bremerförbundets försorg. Men avsaknaden av judar? Vad står det för, ett medvetet bortval eller en blind fläck?

– Efter mycket tvekan har vi kommit överens om att såvitt möjligt undvika personer av judisk familj i vår Tisdagsklubb, förklarar Amelie. Jag behöver väl inte påpeka att det kändes som ett motbjudande beslut, som jag själv med min projudiska ställning är den första att beklaga. Det dikterades av världslig klokhet. Vår organisation skulle bli mer slagfärdig om vi kunde bevisa att det varken låg judiskt initiativ eller judiskt kapital bakom den, i all synnerhet som kampen mot antisemitismen just är en av de viktigaste punkterna på vårt program. Det kan ju inte förnekas att man slåss med en helt annan kraft och effektivitet, när det inte är i egen sak, utan när man drivs av sitt samvete och sin rättskänsla.

Obehaget börjar krypa längs Signes ryggrad. Hon möter antisemitismen överallt. På Fredrika Bremerförbundets stora möte om flyktingar. På judefientliga plakat på Stureplan. I Medicinska Föreningen i Lund som vägrar ta emot judiska läkare, liksom studenter i både Uppsala och Lund. Och nu även hos människor som står henne allra närmast.

Signe samlar ihop sina saker på bordet och stänger handväskan. Vad är den ”världsliga klokhet” som Amelie pratar om, annat än förtäckt antisemitism. Skulle en motståndsrörelse försvagas om judar deltog? I själva verket kommer alla krafter att behövas om tyskarna ockuperar vårt land.

Två tunga amasoner har tagit livtag om varandra. En skiljeväg har uppenbarats, trots att deras avsikt med Tisdagsklubben är densamma.

VAD VET TYSKAR om Nordens sommarnätter? Att mörkret i Narvik upphör i mitten av april? Att när den långa natten är över påbörjas den långa dagen?

Skymning glider in i gryning mellan den 8 och 9 april, just den natt då tyskarna besätter Norge. Då läggs landgångar ut, tränger soldater fram ur fartygens mörklagda innanmäten, osäkras gevär, laddas kanoner och riktas mot kusten.

Amiral Erich Räder, chef för tyska flottan, föreslår fullmånenatten den 7 april som lämpligt datum för ockupation av Danmark och Norge. Hitler signerar ordern men ändrar datum. I gryningen tisdag den 9 april 1940 ska ”Operation Weserübung” starta. Det är så den kallas, ockupationen.

Anders har hört rykten från diplomater i Berlin. Den senaste veckan har tyska trupper dragits samman i Nordtyskland och krigsskeppen ligger beredda till anfall om de inte redan är på väg. Vilken timme som helst kommer Norge och Danmark att besättas. Han måste rädda Lily, måste ta tåget till Bergen och hämta henne, gömma henne eller vad som helst.

I Narviks hamn ligger ett handelsskepp för ankar. Ett valkokeri, ett av flera, ingenting man bryr sig om eller som tilldrar sig någon uppmärksamhet. Ingen vet att det är ett kamouflerat krigsskepp. Men det luktar ingenting från båten. Man ser ingen rök och heller inget liv. Skeppet verkar övergivet. I gryningen den 9 april ska skeppet börja kränga och ett muller höras ur dess inre, ett grymtande och ett stönande som ökar i styrka.

Det handlar om den svenska malmen som forslas med tåg från Kiruna till Narvik för att därifrån skeppas vidare till tysk rustningsindustri. Utan järnmalm inga gevär, inga kulsprutor, inga kanoner, inget pansar och inget krig. Ockupationen ska säkra Narviks utskeppningshamn gentemot de allierade, liksom malmtransporterna längs den norska kusten. Ett tyskt Danmark betyder skyddad farled genom Stora Bält. Lyckas "Operation Weserübung" har tyskarna inte bara Narvik, utan hela den skandinaviska flanken mot England, med de svenska malmfälten skyddade innanför. Sverige behöver inte ockuperas för tyskarna får vad de begär ändå.

Lily har fiollådan hängande över axeln som alltid, baskern framskjuten i pannan och blossar på en cigg. Hon hoppar och skuttar längs gatan, det är hennes sista kväll i Bergen och ett år har gått sedan hon flydde från Berlin med siktet inställt mot Amerika. Då kunde hon inte föreställa sig vilka svårigheter som väntade. Plötsligt begärde engelska myndigheter femtontusen mark för ett turistvisum, vilket krävdes för att komma in i England, och sedan kom krigsutbrottet.

Lily har nu studerat nästan ett år vid Griegakademien, men så träffade hon en person som kunde ordna nödvändiga färdhandlingar till Amerika via båt till England – en dyrbar affär förstås – men eftersom hon avsåg att emigrera och återförenas med sin familj, hade hon inget val.

I morgon ska hon gå ombord på färjan till Newcastle. Alla färdhandlingar inklusive båtbiljetter ligger klara i handväskans blixtlåsfack. Hon tittar på klockan. Tio timmar och sju minuter kvar. Sista kvällen i Norge. Hon springer mot järnvägsstationen där Anders väntar.

I Bergen har det mörknat, det skulle ha varit månsken och stjärnklart men dimman rullar in från havet som så ofta. Anders ser på avstånd en lätt igenkännlig gestalt som springer emot honom. Lily, käraste Lily, viskar han och tar henne i famn.

Så här en måndagskväll är det mesta stängt i Bergen men de hittar en öppen hamnkrog och stiger in genom en pinglande dörr och ner på några branta trappsteg. Lokalen är svagt upplyst och genom tät tobaksrök urskiljer de ett par flottister som tävlar i dart och några dansande par på det trånga utrymmet, med en skrällande vevgrammofon uppställd på disken.

Lily dansar vaggande med kinden mot Anders grovstickade tröja, in the mood, in the mood, och hör hans andhämtning och känner pulsens slag slå snabbare. Hon blundar och fortsätter dansa ensam med slutna ögon. Glenn Miller, viskar hon, jag kommer till dig Glenn, jag reser till Amerika.

– Jag måste tala med dig, säger han och drar med henne bort mot ett bord. Men Lily är inne i musiken och fortsätter dansa. Hon lyssnar inte.

– Vi ger oss av med morgontåget. Hans röst har hårdnat nu och liknar en befallning.

– Jag tar båten till Amerika.

– Vi måste härifrån.

– Det var en fin tid i Berlin men du har gift dig, Anders.

Hon sträcker sig efter ytterkläderna som hänger på en krok och sätter på sig kappa och basker med slängiga rörelser. Knäpper ihop och stänger igen, gör sig färdig att gå och hänger fiollådan över axeln.

– Det går ingen båt.

Hon ställer sin handväska med en duns på bordet, öppnar den och räcker honom biljetten. *Departure: Tuesday 9 April 1940. Time 06.00 a.m.* Han tittar knappast på den utan skakar bara på huvudet och återlämnar den, sänker rösten och dröjer med orden som för att lindra deras innebörd.

– Det är för sent, Lily.

Musiken avbryts och en raspig radioröst tar vid som annonserar kvällsnyheterna. En av flottisterna skruvar upp volymen, småpratet upphör och allas blickar riktas mot radion. *Ett sjöslag hotar på Nordsjön. England har minerat ända in på norskt vatten. Norges neutralitet är hotad …*

– Helvete också! Flottisten tar ett språng mot entrédörren med den andre efter sig.

– Inte kan väl England förklara Norge krig, viskar Lily till Anders som skakar på huvudet och spänt lyssnar på fortsättningen. *Norsk Telegrambyrå uppger att det tyska fartyget Rio de Janeiro torpederats utanför Lillesand. I havet simmar hästar och soldater som norska fiskare uppges rädda under svåra förhållanden i tät dimma och hög sjö. Norsk trupp har tillsvidare internerat de överlevande i Birkelands ungdomsskola.*

– Ett krigsskepp går under och norska fiskare riskerar livet för att rädda sina angripare, väser Anders. De är redan här de jävlarna! Hela havet är fullt med tyskar.

–Tyskarna? Lily stirrar på honom.

De lämnar krogen och går med snabba steg mot järnvägsstationen. Blötsnö pinar hamn och kajer, de hukar sig och springer. Han fäller upp kragen mot blåsten och hon drar baskern över öronen och försöker skydda fiolen innanför kappan. Längre in mot stan i lä av husen saktar de sina steg. Det sista tåget har redan gått. De tar in på ett litet hotell och jagar varandra uppför de tre trapporna. Tiden är så knapp och de har så bråttom. Hon måste ha honom. Han måste ha henne. De sliter av varandras kläder, och river bort det knottriga slankiga överkastet som ligger på sängen.

I Korsfjorden utanför Bergen ser vakten Odd Steffensen ett väldigt flagglöst skepp passera med släckta lanternor och utan ett liv på däck. Han får en bestämd känsla av att skeppet är fullastat med soldater. Dimman ligger tät och sikten är nästan obefintlig. Då och då ser han en glimt av fartyget i sin kikare och hans första tanke är att avfyra den kanon som han är kommenderad att sköta.

Menige Steffensen besinnar sig. Det är inte hans sak att beordra eld.

I Oslofjorden dör ockupationens första offer. Utkiken på vaktskeppet vid fyren Færder ser konturerna av två främmande mörklagda krigsfartyg och ett varningsskott avfyras. Det ena skeppet stannar medan det andra fortsätter förbi. Kaptenen ger order om att två röda och en vit raket ska avfyras, vilket betyder att främmande krigsfartyg är på väg. Vaktskeppet beskjuts med kulsprutor och kaptenen skadas. Besättningen går i livbåtarna men kaptenen Leif Welding Olsen försvinner i vågorna.

Gömda i nattmörkret väntar tyska fartyg utan flagg. Med släckta lanternor ska de dyka upp från ingenstans, tränga sig förbi fort och fästningar och besätta landets hamnar. Klockan 04.15 ska landsättning av soldater starta i Oslo, Horten, Kristiansand, Egersund, Bergen, Trondheim och Narvik.

Lily och Anders sover ingenting den natten, utan älskar och skrattar och röker och gråter. Han ömsom ber henne och hotar, men hon vägrar resa till Sverige.

– Du är gift Anders, har du glömt att du svek mig.

Han tänder en stearinstump och tar en klunk ur whiskyflaskan som de skaffat på hamnkrogen. När ljuset brunnit ner lossar han mörkläggningsskivan från fönstret för att granska havet, kikar länge men ser ingenting. Hon sträcker sig efter hans kamera och fokuserar hans nakna kropp i gryningsljuset. Han ber henne ännu en gång följa med till Stockholm, men i stället drar hon Anders intill sig och tar en bild av dem båda med hjälp av kamerans självutlösare. Hon hör vad han säger men svarar inte, utan vänder bort sitt ansikte när han söker hennes mun för en avskedskyss. Han lämnar henne. När dörren slagit igen ställer hon sig intill fönstret och ser honom springa i riktning mot järnvägsstationen. Han slukas av dimman och vinden gnyr genom det otäta fönstret.

Lily måste ha sovit en stund när hon väcks av ett främmande, välbekant ljud som skallrar mot fönsterglaset, ett ljud som får hennes skyddslösa gestalt att slänga sig åt sidan och gömma sig i skydd från fönstret. Ett taktfast trampande ökar i styrka. De har kommit nu. Tyska soldater marscherar längs kajen.

Hon klär sig snabbt och slänger ner sina sista tillhörigheter i resväskan, släpar den nedför trapporna, betalar och ber portieren beställa en droska. Hon ser sig om innan hon stiger ut på gatan och drar sig undan i ett hörn, där hon öppnar handväskan för att förvissa sig om att färdhandlingarna finns på plats. Dimman har lättat och färjan till Newcastle kan skönjas vid andra sidan hamnbassängen. Solen bryter fram, båten lyser vit och solstrålar leker i stäven. Lily tänder en cigarett och spanar efter droskan. Snart ska hon gå uppför landgången, ska hon anträda sin resa till England och Amerika och lämna rädslan bakom sig. Men ännu är hon inte där. På avstånd hörs ett muller rulla in från havet och när flyglarmet tjuter tappar hon resväskan så att locket far upp. Hon springer med fiolen mot bröstet och ser sin nystrukna blus föras bort över vattnet av ett vindkast.

VAD SIGNE INTE vet är att Anders befinner sig i Bergen. Hon känner heller inte till hans militära krigsplacering och hon fingrade aldrig på den stora chiffonjéns alla små lådor och fack, vilket jag gjorde när jag var liten. Plötsligt hoppade en lönnlåda fram. Min smala barnhand fiskade upp en tunn grå liten bok. Pappa, som satt och läste tidningen i lugn och ro, störtade plötsligt upp ur sin länstol och ryckte åt sig boken. Glöm den genast, röt han, varpå den etsades fast i mitt minne för alltid. Det stod *C-byrån* på pärmen.

Anders blev frikallad på grund av sin sjukdom men tjänstgjorde under hela kriget på C-byrån som var en del av den svenska militära underrättelsetjänsten. Det är oklart om han kände till att Danmark och Norge skulle besättas. Det fanns en del som pekade på att en ockupation var i antågande, men inte vilket datum. Han pratade aldrig om saken.

Det är svårt att anklaga Anders för att ha svikit Lily när han lämnade henne. Hon ville inte följa honom till Stockholm. Hon var så säker på att komma vidare till Amerika och kunde inte släppa tanken. Men båten till Newcastle lämnade aldrig Bergen den 9 april och därefter upphörde alla Englandsrutter på obestämd tid.

En svensk tiger. Det gällde alla under kriget. De som lever, som fortfarande minns när jag frågar dem, svarar nästan alltid: ”Vet inte”, eller ”Jag frågade aldrig”, eller ”Jag ville inte veta för det kunde vara farligt”.

En bild av Signe som Moder Jord, en väldig Gaia vars kropp är genombruten av portar där flyktingar tar sig in och stannar en stund för att sedan fara vidare. Hennes kroppshydda är tatuerad med minnesbilder, en böljande fresk där skarpa händelser lösgör sig som fragment ur den stora berättelsen om kriget, om alla krig.

En journalfilm innan själva filmen börjar. Ljuset i salongen slocknar och musik tar vid, en vemodig klang och världen är en annan. Signe ser kameran zooma in en ung kvinnas ansikte. Regnet klistrar hårslingor mot panna och kinder, hon står ensam på en kaj med en resväska bredvid, klädd i brun vinterkappa, kraftiga strumpor och lågskor, klädd i samma slitna flyktinguniform som Signe är van att se på bio och berättar samma välbekanta historia vars fasa ligger i att hon redan hört den. Om krig, flykt, tågtransporter. Sedan båt över Östersjön och avvisning. Och sedan? Nej, hon vet inte, hon lämnade Prag men fick inte med sig sin cello, nej, man kan inte springa med en cello på ryggen. Jag flydde med musiken inuti mig i stället, berättar hon och musik ur Bellinis opera ”Norma” tonar upp. Hon står på en stenlagd kaj på biografen Spegeln, så nära, så oerhört nära Signe.

I dagböcker och brev berättar Signe, ibland nästan telegrafiskt med korthuggna meningar och andra dagar mera utförligt:

”Jag gör allt, jag kan för att rädda Janina hit över men gränserna är inte lätta att passera. Sverige snör ihop sig – få komma över. Häromdagen hade ju hela landet bara 2 300 främlingar – mycket litet för det stora, välmående Sverige. Jag tror knappast att Janina får uppehållstillstånd, men man får fortsätta att försöka. Men det går nog ej ändå. Jag tillbringar min dag i tusen försök.

I Dalarö såg jag tyska krigsfartyg fullproppade med pojkar som skulle till Finland. De sjungo 'Deutschland über alles ...' och vinkade, men ingen enda människa i Dalarö vinkade igen. Beklämd stämning. Kaptenen på Waxholmsbåten Fylgia där jag befann mig, ropade: 'Ingen ombord på Fylgia får lov vinka igen!'

I går kväll var jag på teatern för att se Kaj Munks pjäs, som just handlar om Tyskland och förföljelserna, ehuru skrivet före de sista händelserna. Upprörande. Som att höra en djupt skakande predikan. En arisk tysk, som jag känner, och träffade där, sade mig med tårar: 'Detta är inte vi. Signe får inte tro att vi verkliga tyskar är skyldiga.' Jag hade svårt att inte brista i gråt. Om måndag tänker vi gå med i det stora protestmötet mot judeförföljelserna. Men det hjälper ju så litet.

Grymheterna som jag hör rapporteras från Tyskland är obeskrivliga – en officer tar en lekande judegosse vid handen och slänger ner honom i en kloakbrunn. Ja, min väninna hade själv blivit vittne till det som hände. Hon står i kö för ransoneringskort och en liten pojke med judestjärnan på jackan, står och tittar. En officer går förbi och tar pojken i hand, en man med vänligt ansikte som böjer sig ner och säger något, och pojken med den gula stjärnan följer med. De går längs gatan och mitt vittne följer dem med blicken. De är ett ovanligt par, officeren och judepojken, och plötsligt ser hon hur mannen lyfter bort gallret på en kloaktrumma och knuffar ner barnet."

Nyårsaftonen 1942 sammanfattar Signe det gångna årets händelser på kalenderns sista uppslag:

"Vid Svenska Gallups undersökning visade det sig att intet under året gjort så djupt intryck på svenskarna som den judiska båten som utgick från Oslo med landets judar, men sedan ej hörts av. Kanske gick den under med flit, kanske skickades alla åldringar och barn för att bygga vägar i det ockuperade Ryssland – att svälta och frysa ihjäl. Inalles 531 personer fördes till ångaren Donau. Ohyggliga scener utan motstycke i Nordens historia utspelades vid den brutala inlastningen."

ALLT SOM RÖRDE TISDAGSKLUBBEN var hemligt under kriget. Minnesanteckningar och protokoll förstördes, om det överhuvudtaget skrevs några. Det enda bevarade källmaterialet från krigsåren ligger i säkerhetspolisens arkiv. Säpo bevakade vad som var i görningen, men fick också hjälp av Tisdagsklubbens ledning som ansåg det bättre att vara öppen inför säkerhetspolisen än att riskera anklagelser om landsförräderi eller någonting liknande. Följaktligen är det bland Säpos handlingar som jag hittar Tisdagsklubbens målbeskrivning.

"Tisdagsklubben bestod av en inre cirkel samt fem grupper, varje grupp under sin ledare. Inom gruppen torde avsikten ha varit att bilda 'celler'. Medlemmarna i en cell skulle icke känna medlemmarna i en annan cell. Klubbens uppgifter skulle vidare vara att driva propaganda mot nazistiska företeelser i Sverige samt upplägga kartotek över personer, vilka misstänks stå nazismen nära."

I Säpo-arkivet finns också namnlistor sorterade i tre grupper: 1. Med säkerhet medlem, 2. Sannolikt medlem, 3. Ombedd bli medlem. Amelie har själv gett dem till polisen, eller åtminstone delar av dem. Hennes telefon avlyssnades och bevakades av säkerhetspolisen och hon bestämde sig redan från början för en öppen hållning. Den 22 maj 1940, bara en kort tid efter Tisdagsklubbens bildande, skriver hon:

"Bästa Kommissarien. Härmed en ny lista. Samtliga dessa anmälningar kommer från högt betrodda män och kvinnor som bruka sammanträffa om tisdagarna för att överlägga. - - - Jag har ingenting att fördölja och endast samma intresse som ni alla, så det verkar onekligen lite underligt med alla dessa korsförhör. Men å andra sidan är det ju bra att ni är så påpassliga och misstänksamma – även om det ibland skulle råka få fel adress."

De högt betrodda män och kvinnor som Amelie uppgett som medlemmar i Tisdagsklubben var nästan alla ledare för riksomfattande stora förbund, som kvinnoförbunden, Scoutförbundet, KFUK, Husmodersförbundet etcetera. Tunga namn som August Lindberg, LO:s ordförande; Albin Johansson, KF:s ordförande och Hugo Hammar, Radiotjänst fanns också med, liksom Anders Örne, generaldirektör vid Posten, Ruben Wagnson, undervisningsråd samt kända författare, exempelvis Vilhelm Moberg och Harry Martinson.

Säkerhetspolisen avlyssnade telefoner och besökte möten som sedan avrapporterades till avdelningschefer högre upp i hierarkin. Som den här.

"Jag hörde i går, att Tisdagsklubben (namnet är väl en efterapning av de vanliga engelska namnen på sällskapsklubbar) är mycket radikal. Man talar fritt ur hjärtat. Man är arg på kungen, som inte vågar säga ifrån och man är förargad över regeringens flata politik. Alla engelsksinnade och frisinnade har så djupt gripits av sin antifascism, att de inte se vart det rullar hän med kommunismen. Vi lägger dagligen deras gränser närmare Sverige på det sättet. Nu har det inom de intellektuella kretsarna blivit vogue [modernt] att sympatisera med kommunismen. Folkkänslorna är oberäkneliga. Vart har nu vår svenskhet tagit vägen? Det är endast våra hemmanazister som hålla de blågula färgerna högt. Men inte så som vi vill ha det och vi reagerar på ett farofyllt sätt. På Tisdagsklubben står herr Örne upp som kverulant på allting. Naturligtvis vet han att han är en auktoritet, men han tänker inte på, att han är en ämbetsman. En kunglig ämbetsman, som inte borde i en klubb med sådana tendenser och underströmmar av verklig propaganda i allt annat än svenskhetens tecken, ge uttryck åt sina känslor beträffande permittenttågen och annan politik. Då har yttrandefriheten slagit över sitt mål. Då har friheten enrollerat sig i en annan farlig propagandaapparat som England och Amerika just nu ganska häftigt bedriver." (P.M. daterad den 22 april 1943).

Så formulerar sig Säpo i april 1943. Kriget har vänt. Tyskarna ses allmänt som förlorare efter nederlagen vid Stalingrad och El-Alamein i Nordafrika ett halvår tidigare. Det är inte längre Tyskland som är det stora hotet, utan Sovjetunionen och kommunismen här hemma. Men det kommunistspöke som Säpo nu tycker sig se har ett annat ansikte än tidigare. Ett kvinnligt ansikte. Med mullvadskropp. Dessa kvinnliga "mullvadar" påstås gräva en kanal som genväg till kommunismen, genom att skaffa sig kvinnornas förtroende. Enligt Säpo är det alldeles fullt med kvinnliga kommunister, till exempel i Yrkeskvinnornas klubb, och man noterar att ett möte om efterkrigsplanen är utlyst till den 6 maj, mellan Yrkeskvinnornas klubb och Svensk sjuksköterskeförening. Bland initiativtagarna nämns flera välkända kvinnor som Alva Myrdal och Kerstin Hesselgren i riksdagen, Hanna Rydh som är ordförande i Fredrika Bremerförbundet, Husmodersförbundets ordförande Eleonor Lilliehöök och journalisterna Célie Brunius, Birgitta von Hofsten, Anna-Lisa Kälvesten och många andra mindre kända namn.

Det slår mig när jag läser i säkerhetspolisens dossier, att Tisdagsklubben verkligen har många kvinnliga medlemmar. Det är något nytt i svensk politik. För första gången kan kvinnor lägga politisk kraft bakom orden när landet befinner sig i fara, och gör det också – den kvinnliga rösträtten är ju en ganska ny landvinning. Att Fredrika Bremerförbundet med Hanna Rydh och Signe i spetsen, spelar en viktig roll är ovedersägligt. De lägger upp turnéer med de små lokala Fredrika Bremerföreningarna som arrangörer. Amelie Posse är en av dem som bjuds in att tala, för det mesta med säkerhetspolisen i hälarna som oupphörligen misstänkliggör antingen henne eller mötesarrangören, som sedan kallas till polisförhör. Exempelvis fru Betty Olsson i Norrköping, som den 20 april 1943 kallas till polisen. Hon är pensionerad från Yllefabrikerna och sitter sedan sjutton år i Fredrika Bremerförbundets styrelse. Betty Olsson är också Norrköpingskretsens ordförande i kvinnoförbundet Fred och Frihet och i Världssamling för Fred. Polisen vill veta vem som bett Amelie Posse tala på ett möte i Norrköping och Betty Olsson svarar svävande. Det framgår att Posse visst närmast kom från Linköping. Hennes tal var ett allmänt hållet föredrag om nazismen. Om hon gav några exempel från ockuperade länder kan Olsson inte erinra sig, inte heller om hon delade ut några böcker. När de träffades på tesupé hos kyrkoherden efter mötet hade Olsson inte hört Posse nämna något av intresse.

Kanske beror det på ovanan att ha med kvinnor att göra, som får Säpos polisspanare att förlöjliga kvinnor, raljera över dem och beskriva dem som ”själsslöa”. Kanske är det enklare än så. I hemligstämplat material är det riskfritt att säga vad man själv tycker och tänker, eftersom ingenting kommer till allmän kännedom.

Den 16 februari 1943 hade Tisdagsklubben den judiska frågan överst på dagordningen, och Säpos polisspanare rapporterar.

”C:a 45 personer hade infunnit sig. Övervägande gamla damer. Fru H. meddelade mig, att en tysk, som var gift med en judinna, häromdagen kallats till tyska legationen, där man uppmanat honom att skilja sig. Han skulle annars få gå omkring med judestjärna, då tyskarna ockuperat Sverige. De gamla mer eller mindre döva damerna i hennes omgivning, som måste fråga om flera gånger för att kunna uppfatta alla detaljer, suckade usch och fy så gräsligt. - - - Jag fick den uppfattningen, att många av de gamla själsslöa damerna, som sitter och hänger och låtsas göra notiser (i verkligheten målar de gubbar), inte vet, vad det hela rör sig om och vad de gett sig in på."

Vilka kan dessa damer ha varit, som enligt Säpo inte vet vad de gett sig in på? Signe kanske, som visserligen hade ett särskilt intresse för de frågor som diskuterades just den här kvällen, men som obestridligen var närmare sextio år. Eller journalisten Barbro Alving, eller eldsjälen och författaren Marika Stiernstedt, eller barnboksförfattaren Elsa Beskow ...

Det var en heterogen samling människor som samlades i Tisdagsklubben, men gemensamt för dem alla var deras frihetspatos, skriver pseudonymen Corinna i en DN-artikel tjugo år efter bildandet.

”Lillan har klämt sina små fingrar i en bildörr. Stalingrad har fallit, tyskarna där ge sig.”

Dagboken den 3 februari 1943.

SNÖN FALLER I stora flingor som lägger sig som en mjuk filt över gatsten och spårvagnsspår. Månskenet vägleder chauffören, det är mörkläggningsövning i natt och bara ett fåtal bilar är ute och kör. I bilens baksäte hoppar och klänger en liten flicka. Chauffören sneglar ogillande på henne genom glasrutan som skiljer förarplatsen från passagerarutrymmet och undrar varför föräldrarna inte säger till barnet och varför de ger sig ut en sådan här kväll när folk har uppmanats att stanna hemma. Men det är ju inte hans sak. Han kör Strandvägen långsamt ut mot Djurgården. Flickan borde vara gammal nog för att kunna uppföra sig ordentligt och vore det hans unge skulle hon få sig en dask i stjärten. Hoppa med snöblöta kängor i baksätet på det viset. Han har god lust att säga ifrån men så tar pappan skrattande ungen i knät, medan mamman, för det är väl mamman, förmanar flickan på norska. Det bor så mycket norrmän och underligt folk i Stockholm numera, det har han förstått under alla sina körningar. Är det inte flyktingar han har i bilen så är det agenter eller spioner. Han känner numera till adresserna till de flesta utländska säkerhetstjänster och hemliga spioncentraler som slagit sig ner i Stockholm sedan krigsutbrottet, liksom stans krogar som de delat upp mellan sig, tyskarna på Bäckahästen och Zum Franziskaner, norrmännen på Cecil och engelsmännen på Hotel Castle. Mannen i baksätet knackar på fönsterglaset och pekar åt höger. Chauffören svänger in på en vägstump som visar sig vara oplogad, och svär tyst för sig själv innan han går ut och öppnar bildörren för kvinnan medan mannen lyfter ut ungen på andra sidan. Det är då olyckan sker. Flickans fingrar hamnar i kläm i bildörren och pappan rusar iväg med den skrikande ungen i famnen tätt följd av mamman, om det nu verkligen är mamman.

– Fiolen, ropar hon, jag glömde fiolen i bakluckan!

Chauffören lämnar bilen med en fiollåda under armen och motorn påslagen, och följer efter för att få betalt. Ännu en flyktingcentral, noterar han när han kliver in i en stor hall fylld med folk som med upphetsade röster talar olika språk. Han lägger adressen på minnet när han går tillbaka till bilen, Rosenvik 3 A.

Jag är två år och kommer ihåg händelsen. Inte hur det kändes, bara att det gjorde ont. Mest minns jag uppståndelsen när pappa bär in mig i huset och hur jag sedan blir kvällens medelpunkt och får en apelsin av farmor, en frukt jag aldrig tidigare smakat. De lyfter mig från famn till famn och jag blir tröstad och kramad och kysst, och det är som om min smärta känns också i deras fingrar.

Jag förstår inte vad de säger men jag hör en förtvivlad hämningslös gråt som väller fram i skydd av mina klämda fingrar. De kommer från Tjeckoslovakien och Tyskland och Polen, och är alla flyktingar liksom Kirsten i taxin, som just har anlänt från Norge.

Den 3 februari 1943 är en hoppets dag. Ingen av de församlade i Signes stora hus kan tänka sig att freden ska dröja flera år. Kriget tycks ha vänt. Tyskarna har kapitulerat vid Stalingrad och förlorat ökenkriget vid El-Alamein. Kriget är över före sommaren, viskar man till varandra, fast knappt hörbart för ödet ska inte utmanas. Signe och Kirsten drar sig obemärkt undan till förmaket innanför salen.

GÄSTERNA HAR GÅTT. Signe och Kirsten slår sig ner i varsin stol. De sitter tysta, den blyga unga flickan klädd i skidbyxor och lusekofta, och den gamla kvinnan som hon aldrig tidigare träffat. Fiollådan ska nu överlämnas, men Signe tycks inte bry sig om den. Inte ens när Kirsten gör ett tydligt försök att ge fiolen till henne, verkar hon märka det. Hon skjuter undan Kirstens hand bara, och ber henne i stället berätta om flykten från Norge. Det är om den hon vill höra, ingenting annat.

– Jag sitter tyst i kupén bredvid mor, medan mina två systrar finns på en annan plats i vagnen, börjar Kirsten. Jag lyckas hålla munnen stängd och ropar inte orden som vill tränga fram och göra sig hörda för alla på tåget från Oslo till Sandefjord. *Jag är på flykt till Sverige!* I stället följer jag instruktionerna som vi fått: Prata inte, låtsas inte känna varandra, memorera era nya falska namn. Tåget rullar söderut längs Oslofjorden och på andra sidan fjorden ligger Sverige.

Hjulen dunkar mot rälsen och ångvisslan tjuter när tåget bromsar in vid stationerna. Resan tar många timmar. Hela vägen hör jag ropet i mitt huvud. *Jag är på flykt!*

Kirsten talar och Signe lyssnar, nickar till ibland för att sedan sträcka på sig. Hon har hört berättelsen förut, eller rättare sagt varianter av Kirstens flykthistoria. Tiotusentals norrmän har lyckats ta sig över gränsen till Sverige och varje dag kommer fler.

Kirsten fortsätter. Berättar hur hon sneglar på far som röker. Som inte ser på henne, utan sträcker cigaretten mot askkoppen under fönstret och slår av askan. Far som ännu inte gör någon min av att stiga av.

Just påstigna passagerare tränger sig fram mellan kupéerna och Kirsten rycker plötsligt till. Ett bekant ansikte. Det är Ole, systerns kamrat. Hon ser att han känner igen henne men hälsar inte utan vänder i stället bort blicken och skyndar förbi. Kirstens hjärta dunkar i bröstet och orden bubblar tvångsmässigt upp i munnen. Jag är på flykt, Ole! Men ingen lyssnar på hennes stumma rop. Tåget rusar vidare med mörklagda fönster i vinternatten ... Framnes, Holmestrand, Skoppum, Adal, Barkåker ... Far reser sig, tar sin hatt och väska från bagagehyllan och stoppar Aftenposten under höger arm. Tidningen är det överenskomna tecknet till flyktinglotsen som väntar på stationen i Sandefjord.

Söndag den 14 januari var det dags. En okänd man knackade på ytterdörren tidigt på morgonen. Kirsten hade öppnat och med viskande röst framförde den unge mannen sitt ärende och överräckte en fiollåda till henne, för att sedan genast ge sig av igen. Det var dags att fly. Redan i dag skulle det ske. De skulle packa det nödvändigaste och sedan bege sig till en hemlig plats. Han hade stuckit en lapp i hennes hand med adressen.

Kirstens familj hade väntat på besked i flera månader,

ända sedan slutet av september då far fick veta att han stod på tur att tas som gisslan av Gestapo. Om tyskarna drabbades av motståndsrörelsens attentat skulle han avrättas som hämnd. Far hade tvingats gå under jorden och resten av familjen flytta. Sedan hade hösten gått i väntan på lämpligt flykttillfälle, men nu när det plötsligt såg ut att bli verklighet, kände sig Kirsten helt oförberedd och stod lamslagen kvar i tamburen en lång stund innan hon förmådde väcka mor och systrarna. De åt en snabb frukost och packade, mor och Kirsten i varsin liten koffert och de två äldre flickorna i en ryggsäck. Kirsten lade ner dagboken, en extratröja och sitt lilla rådjur av porslin. Hon prövar tyngden av fiolen, och hänger den över axeln.

De hade fått order om att samlas klockan tolv i en främmande lägenhet vid Bygdøy allé tillsammans med flera andra, där hade de fått falska resedokument och uppmärksamt lyssnat på detaljerade instruktioner hur de skulle förhålla sig när de kom till Sverige; svara hövligt på alla frågor från svenska myndigheter, aldrig nämna namnen på dem som hjälpt till med flykten, bränna falska identitetspapper så fort gränsen passerats ... Kirsten öppnar resehandlingen som hon tilldelats och tittar i smyg. Ett fotografi av henne själv. Ett namn som tillhör någon annan. Frøjdis Hansen, född i Oslo den 2 augusti 1930. Hon är en annan flicka nu. Heter Frøjdis Hansen och spelar fiol.

Framme i Sandefjord är det far som först kliver ner på perrongen med Aftenposten under armen. En nästan omärklig rörelse med tidningen, och en flyktinglots dyker fram ur stationshusets skugga och leder dem mot en lastbil som står parkerad en bit bort. Flaket är täckt med tältduk spänd över bågar, och han lossar några remmar som håller den på plats och ser till att alla klättrar upp och gömmer sig och lyfter till sist upp ett nersövt barn. Men i samma stund som bilen ska starta dyker en tysk officer upp. Det blir dödstyst på flaket. Någon lägger handen över barnets mun. En ljuskägla fladdrar över tältduken. Det finns en glipa mellan flaket och lämmen som är stor nog att kika ut igenom. Kirsten ser en schäferhund slita i kopplet och sträcka sig mot flaket och gläfsa, ser tysken rycka i kopplet för att tysta hunden och hör chauffören och officeren prata. Därefter avlägsnar sig stegen och bilen kör iväg. Det dröjer länge innan någon vågar säga något. Tysken undersökte inte bilen. Lyfte inte på presenningen. Valde att inte släppa schäfern lös. Så obegripligt. När spänningen släpper börjar några gråta, men hos andra stiger oron. De klarade sig – men vad väntar dem härnäst. Lastbilen skumpar på småvägar och trädgrenar rasslar mot tältduken. Sjok av blötsnö faller ner med tunga dunsar. Kirsten skakar av köld och kryper tätt intill sin far. Färden tycks oändligt lång.

Vid midnatt stannar bilen vid en sjöbod eller liten fiskarstuga. Huset är låst och ingen möter dem, vilket var avtalat. Uppjagade röster försvinner bort i mörkret. Är de förrådda, finns det en angivare i gruppen? En kort stund av panik innan skepparen vaknar i stugan. Lugnet återställs och alla kan vila en stund innan det blir dags att gå ombord på fiskebåten som ska föra dem till andra sidan fjorden.

Klockan fyra går skutan ut tillsammans med den övriga fiskeflottan. Flyktingarna har stuvats in i lastrummet bland mängder med fiskegarn. Men vinden slår om och vädret försämras med hög sjö och snöstorm. Mitt ute på havet får båten motorstopp. När tyska patrullbåtar dyker upp och erbjuder hjälp blir läget än mer kritiskt, men skepparen lyckas avvärja tyskarna och lyckas så småningom också lokalisera motorhaveriet. Det tar tid, skutan driver redlöst i stormen och i lastrummet är alla sjösjuka utom barnet som sover tungt. Plötsligt vaknar den lilla och börjar skrika. Ett främmande ljud har väckt flickan, motorn är igång igen och kursen läggs mot Færders fyr. Efter fem timmars färd, passerar fiskebåten minfälten och angör Koster.

Flyktingförläggningarna i Strömstad och därefter i Kjesäter i Vingåker, arbetar efter invanda rutiner och Kirsten vågar inte göra annat än det hon blir tillsagd. När hon beordras att dra ner sina byxor, pumpas en dos DDT rakt in mot hennes underliv. *Avlusning genomförd*, antecknas i hennes flyktingpapper, och först därefter får hon lämna förläggningen.

Det är tyst i Rosenvik. Signe och Kirsten sitter ännu kvar i förmaket. Kanske är det natt, kanske redan gryning – de vet inte för mörkläggningsskivorna sitter fortfarande kvar. Kirsten fingrar på fiolfodralet som står lutat mot hennes stol. Signe reser sig för att gå, men rycker till när

Kirsten räcker henne fiolen, och dimper ner på stolen igen med en duns.

– Piano spelar jag hjälpligt, mumlar hon och nickar mot taffeln, men inte fiol. Kirsten pekar på adresslappen. De hjälps åt att knyta upp snörena och öppnar fodralet som inuti är klätt med grön sammet. Signe viker undan flanellduken och lyfter försiktigt upp instrumentet.

– Läs på lappen inuti, ber hon och räcker fiolen till Kirsten. Du ser bättre med dina unga ögon.

Kirsten vrider golvlampans skärm och låter lampan lysa mot de smala ljudhålen, och läser på en gulnad etikett.

– Derazey, säger hon. H. Derazey, om jag ska vara noggrann.

Fred

DET ÄR SOMMARVARMT med bara ben och knästrumpor och den ena strumpan är nerhasad i sandalen. Anders skrattar och lyfter upp min syster på sina axlar och tar mig i handen. Vi springer längs Döbelnsgatan, pappa med långa steg och jag med många korta och stegen klapprar mot trottoaren och ekar mellan husen och muren mot kyrkogården. Det vilar en särskild stämning över gatan, en känsla av söndag fast det är måndag vilket kanske kommer sig av klockringningen i Johannes. I mitt minne är händelsen sparad som en film i ultrarapid med stegen flygande i nästan stillastående språng, och min klänning långsamt böljande och människor som öppnar fönstren och ljudlöst tömmer sina papperskorgar rakt ut och vita serpentiner av toalettpapper som ringlar över husfasaderna och vajar lite i blåsten och pappersbitar som singlar ner över mig och min syster på pappas axlar. Vi springer förbi tanten i mjölkaffären som står i dörren med de avklippta fingervantarna på, passerar färgaffären som är stängd och sedan tanten i strykinrättningen som också står i dörren. Vid tobaksaffären lossar pappa en löpsedel som han stoppar i kavajfickan innan vi fortsätter förbi brandstationen och ölkaféet på andra sidan gatan, förbi rutschkanan med trappan ner till tunneln, förbi den långa trappan med drivor av parkerade cyklar och närmar oss ett brusande ljud som ökar i styrka. Vi stannar på bron över Kungsgatan. Den är packad med folk. Lillasyster seglar högt uppe på pappas axlar när han tränger sig fram mot balustraden. Där kryper jag och min syster ner på huk och studerar fredens första timmar genom en fyrkantig glugg i stenräcket.

Det är måndag den 7 maj 1945 och Tyskland har kapitulerat villkorslöst. Papper, serpentiner och konfetti regnar över tusentals människor på Kungsgatan i Stockholm. Bussar och bilar tutar, människor hurrar, visslar och sjunger i glädjeyra, studenter bär plakat med FRED om halsen, trängs på lastbilsflak, viftar med norska pappersflaggor och sjunger *Ja vi elsker ...* Genom vårt titthål i stenbalustraden iakttar min syster och jag det som händer långt därnere under bron. FRED, ett för oss hittills okänt begrepp, blir nu liktydigt med viftande, liksom skrattande norska flaggor.

"SKALL 1946 BLI återseendets år?" skriver Signe i dagboken på nyårsdagen.

Tyskland. Ett land i totalt sammanbrott. Människor i tusental väntar vid gränserna för att komma ut ur landet. Signe och Oskar försöker skriva till varandra men postgången i Tyskland fungerar inte. Ibland får hon ett livstecken genom Röda Korset eller någon person som besökt Neustadt.

Våren 1946 förflyter med ångestdrömmar och tröstlös längtan. "O, min Oskar. Idag 76 år", skriver hon på hans födelsedag den 6 april. "Så många år i skilsmässa och ännu ser jag ingen dager."

Plötsligt kommer ett telegram att allt är klart för Oskars och Céciles avresa till Stockholm. Signe blir utom sig av glädje. Äntligen, efter sex års skilsmässa, ska de mötas igen. Det är sagt att de ska komma på pingstafton och Signe beger sig till Bromma flygplats. Efter timmars väntan ger hon upp. "Stor besvikelse – de kommo ej. Allt på Rosenvik färdigt för deras mottagande, bordet dukat, sängarna bäddade, alla små detaljer i ordning. Jag väntade med hjärtklappning i flygpaviljongen."

Därefter följer dagar av missmod.

Den 16 juni: "Kallt. Ingenting. Telegram från Astri

[Signes dotter], men ej från Oskar. Tog fram noter, gnolade mina ungdomssånger."

Den 18 juni: "Ej ett ljud från Oskar."

Först den 8 juli landar flyget med Oskar och Cécile. "Vår gemensamma lycka är obeskrivlig", skriver Signe. Oskar är gammal och mager men hans ögon brinner med samma intensitet som förr. Mötet blir passionerat. De vandrar över ängarna på Signes ö, där Oskar samlar humlor i sitt laboratorieglas. Han har lämnat forskningen på mänskliga hjärnor och undersöker nu humlans ganglier.

Den 17 september återvänder Oskar och Cécile till Tyskland, och Signe skriver: "Smärtsamt avsked. Följde dem till Bromma, vi kysstes flera gånger trots människorna. Oskars stämma bruten. Cécile grät. Varför? Jag blev åter ensam efter denna överrika tid. Läste brevet som Oskar gav mig i handen till tröst."

17 september 1946

Min allra käraste!
När jag idag lämnar dig har jag känslan av att lämna MITT hem. Du har förstått att bereda mig en enda skön viloplats och himmelska ögonblick. Minnet av detta kommer att följa mig tills jag åter kan se in i dina ögon.

Trötta nu inte ut dig för mycket! Du måste förbli frisk för min skull. Känn när du läser de här raderna hur jag älskar dig!

Din Oskar

*

November 2003. En röd fjäder vippar på en kvist intill Signes grav, den låga femhörningen. *Hon älskade* är inristat under hennes namn. Signes sista önskan är nu verkställd.

Signe och Oskar som samlar humlor i sitt laboratorieglas.
Foto: Laila Nygren, 1955.

Efterord

”Bara två saker har haft verklig betydelse i mitt liv, mina sex barn och Oskar Vogt. Jag har bestämt mig för att berätta om Oskar och det är djupt förtroligt”, säger Signe. Hon gör det i dagböcker och på bandspelare. Men av Oskars kärleksbrev finns endast ett bevarat, och det har fått avsluta min berättelse.

Hon älskade är en roman som i väsentlig grad bygger på Signes dagböcker och brev. Hon hade sex barn, men med något enstaka undantag förekommer bara Anders i boken. Han skrev ned sina barndomsminnen och upplevelser från Berlin hösten 1938 och jag har använt hans anteckningar som underlag. Signes övriga barn har jag inte kunnat tillfråga, och jag har därför undvikit att gestalta dem i boken.

Jag vill tacka Kirsten Bødtker som beskrev flykten till Sverige under kriget, Marie Henschen för tålmodig skrivhjälp, Kristina Henschen för resan till Sankt Petersburg och Moskva, Gerda Nygren som hann berätta om Oskar Vogt och Lenins hjärna innan hon gick bort, Laila Nygren som växte upp på Rosenvik med Signe och Birgitta Wadström som översatte utländska brev. Tack också Jan Brazda, Christina Fredell, Helena Friman, Jan Halldin, Lars Kleberg, Elna Koschke, Ylva Larsson, Liv Margolius, Lars Olson, Gunilla Palmstierna-Weiss, Elisabeth Ralf och Tommy Svanström som på olika sätt deltagit i bokens framväxt, samt mina syskon Andreas Henschen, Johan Henschen och Dagmar Olson för deras synpunkter och minnesbilder av Signe. Till sist, tack Lennart Ström för allt stöd under den långa arbetsprocessen.

Stockholm i maj 2008

Helena Henschen